이번생은
황제로 살겠다

STAY 판타지 장편소설

이번 생은 황제로 살겠다 1

초판 1쇄 발행 2023년 5월 23일

지은이 ǀ STAY
발행인 ǀ 최원영
편집장 ǀ 이호준
편집 ǀ 송영규 최종건 정재웅 양동훈 곽원호 조정범 강준석
편집디자인 ǀ 한방울
영업 ǀ 김민원

펴낸곳 ǀ ㈜ 디앤씨미디어
등록 ǀ 2002년 4월 25일 제20-260호
주소 ǀ 서울시 구로구 디지털로 26길 111 JnK디지털타워 503호
전화 ǀ 02-333-2513(대표)
팩시밀리 ǀ 02-333-2514
E-mail ǀ papy_dnc@dncmedia.co.kr
블로그 ǀ blog.naver.com/gnpdl7

ISBN 979-11-364-4484-4 04810
ISBN 979-11-364-4483-7 (SET)

PAPYRUS FANTASY STORY

1

이번생은
황제로 살겠다

STAY 판타지 장편소설

PAPYRUS
파피루스

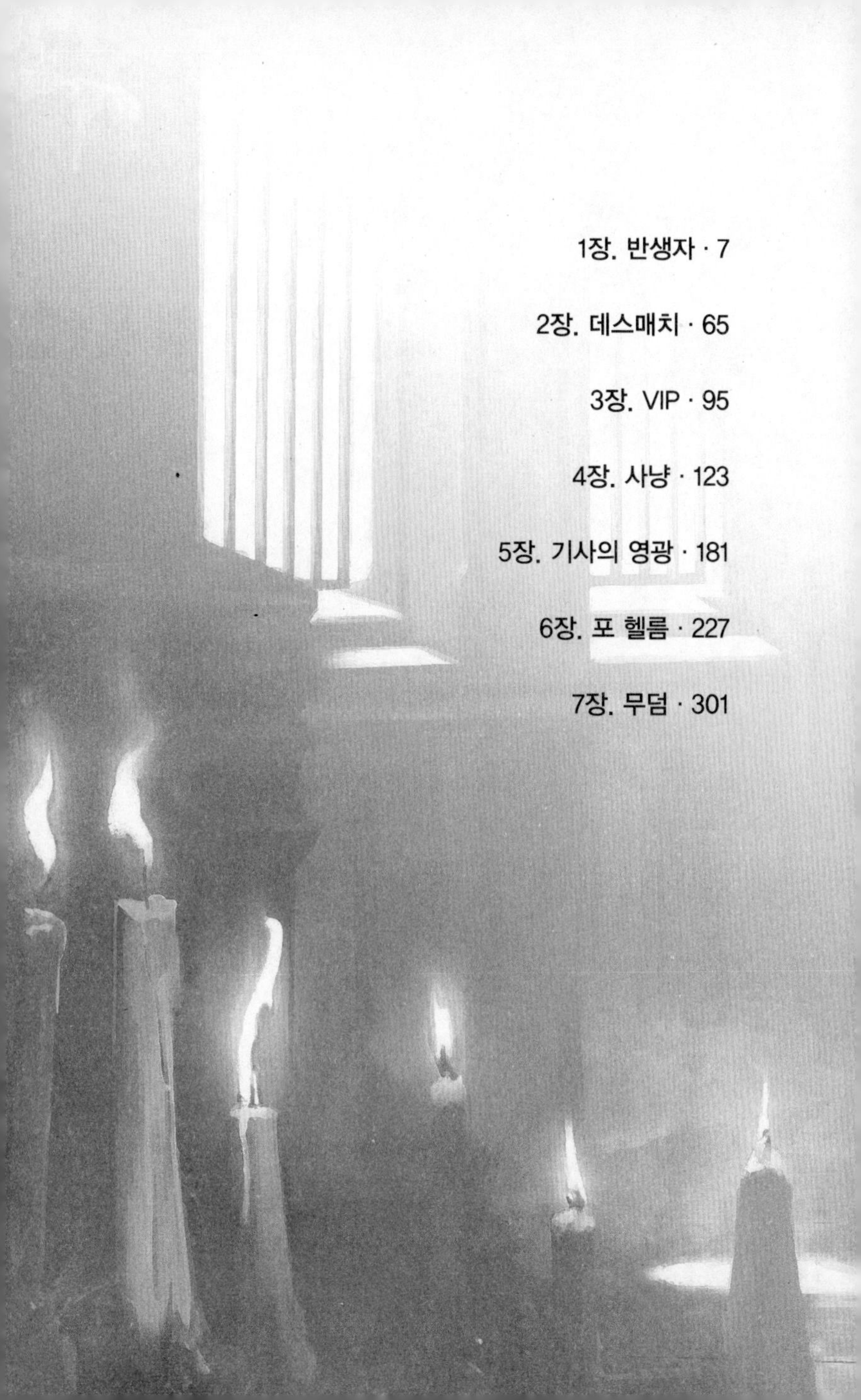

1장. **반생자**

반생자

망자는 꿈을 꾸지 않는다.
이건 기억의 편린이다.

[너에게 이런 나라를 맡겨야 하는 아버지를 용서해다오.]

쏟아지는 악몽을 막지 못한다.
이 나라도, 성도, 백성도…….
모든 것이 화마에 휩싸여지는 날에 왕은 처음으로 그
앞에 무릎을 꿇고, 지난날을 속죄하듯이 울었다.

[처음부터 너에게 맡길 것을…….]

후회는 아무리 빨라도 늦다.

그런데 어째서 그는 항상 같은 장면만 바라보고 있는 걸까.

"주군."

그가 천천히 눈을 떴다.

악봉이 사라신 세상은 황량한 풍경으로 가득 채워진 현실이었다.

"찾았습니다."

그가 무릎 꿇은 사내에게 고개를 돌렸다.

이곳은 죽은 자들의 세계, 명계.

세상의 온갖 진미와 보물이 눈앞에 있다 한들 무의미하다.

오직 영혼만 남겨진 이 세상에서 유일한 즐거움은 망자들의 위에 선다는 유치한 자존심뿐.

모든 망자를 굴복시키고 명계를 정복한 사내에겐 그마저도 낡은 추억이 되어 버렸다.

오랜만에 나타난 심복의 말을 무표정으로 일관하던 그가.

"반생자입니다."

이어진 말에 자리를 박차고 일어났다.

* * *

반생.

강한 충격에 육신과 혼이 분리되는 현상.

억지로 떨어진 혼은 명계를 보름 동안 떠돈 후 다시 육신으로 되돌아간다.

하여, 망자들은 그 혼을 아직 살아 있는 자 '반생자'라고 불렀다.

명계의 오랜 역사를 통틀어 반생자는 단 한 번 나타났었다.

그토록 희귀한 반생자가 수백 년 만에 다시 출현했다.

"저 소년인가."

사내가 먼발치에서 행렬을 벗어난 어린 영혼을 가리켰다.

"예. 행렬을 벗어나서 이곳 '중간'으로 뛰어오르기에 확인해 보니 반생자였습니다."

행렬은 명계에 처음 입성한 망자들이 쭉 이어 나가는 길이다.

저 길 끝에 영혼 처리장이라는 환생 수단이 존재한다.

대부분의 망자들은 이지를 상실한 채, 영혼 처리장에서 심판받는다.

하지만 생전에 위업을 달성한 절대자들은 예외적으로 이지를 가지고 행렬을 이탈한다.

그렇게 모인 절대자들의 공간을 '중간'이라고 불렀다.

"첫날부터 난리를 피웠다고 하더군요."

"저 혼에 사념이 보이는군."

"반생자가 지독한 원한을 품고 있습니다. 그 일부를 떼어 냈는데, 꽤 흥미롭더군요."

그의 심복, 절망군주가 한쪽 무릎을 꿇고 반생자에게서 떼어낸 혼의 일부를 바쳤다.

그 안에 소년과 절망군주의 기억이 담겨 있었다.

"너는 어찌하여 울고 있느냐."

"억울해. 난 아무것도 몰랐는데, 어머니랑 행복하게 살고 있었는데! 그 개자식이 어머니를 내 앞에서 찢어 죽였어! 내 가슴에 칼을 박았다고!"

소년의 한 맺힌 소리가 악몽 같은 기억을 끌어낸다.

"우린 평범한 삶을 살았을 뿐이야!"

어머니는 아버지의 정체를 한 번도 입에 담지 않았다.

소년도 아무것도 모른 채 마을 사람들과 평화롭게 지냈다.

어느 날, 마을이 화마에 휩싸였다.

형이라는 첫째 왕자가 찾아와서 소년의 어머니를 죽이고 이렇게 말하였다.

[너는 결코 태어나지 말았어야 할 비극이다.]

소년은 왕의 사생아였다.

왕이 어머니의 미색을 탐하여 태어난 방탕함의 산물.

어머니가 눈앞에서 첫째 왕자에게 찢긴 그날, 소년은 처음으로 자신의 아버지가 누구인지 알게 되었다.

그전까지 몰랐던 비밀의 대가는 화염에 휩싸인 검에 꿰뚫린 죽음이다.

"······다시 죽을 놈이군."

그의 감상은 무미건조했다.

사연을 보아하니, 되살아나 봐야 가슴의 상처가 심해서 얼마 살지 못하고 다시 명계로 되돌아올 판이다.

복수심에 미친 반생자의 최후가 결국 죽음으로 이어질 거란 생각에 흥미가 뚝 떨어졌다.

하지만 절망군주는 웃고 있었다.

"소년도 자신의 죽음을 예견하고 있습니다. 그래서 제게 재밌는 제안을 하더군요."

"발칙한 놈이 무어라 했기에 네가 이리도 말이 많아진 것이냐?"

"하하하, 모든 것을 다 바칠 테니, 그자들에게 복수할 힘을 달라고 했습니다."

죽은 자는 산 자와 계약하지 못한다.

이미 죽어 혼만 남겨졌기에 소환은커녕 힘을 빌려주는 것조차 불가능하다.

"저는 가능하다고 말했습니다."

"고약한 취미가 늘었구나."

하지만 딱 하나.

시도해 볼 만한 방법이 있다.

"현현을 가르쳤더냐."

계약 대상 본인이 그 육신을 대신 이끌어 나가는 것.

그 순간 반생자의 혼은 망자로 전락하고, 망자는 반생자의 육신에서 새롭게 태어난다.

환생 외에 기억을 잃지 않고 하계에 태어날 유일한 방법이기도 하다.

"몇백 년 만에 찾아온 기회입니다. 하지만 그마저도 저희는 불가능하죠. 중간의 모든 망자들을 데려와도 안 됩니다. 오직 주군만 가능합니다."

태초에 신이 육신과 영혼은 한 쌍으로 묶었다.

이 편법은 신이 정한 섭리에 정면으로 대항하는 역리다.

이것을 가능케 할 존재가 있다면 그건.

절대자들을 지배하는 초월자.

오직 그뿐이다.

"제일 절실한 건 반생자가 아닌 너희들이었구나."

그가 천천히 몸을 돌렸다.

어느새, 중간의 절대자들이 모두 도열해 있었다.

그중 제일 앞선 두 영혼에게 사내가 시선을 옮겼다.

그를 따르는 중간의 3대 심복.

절망군주를 포함한 오만군주와 재액군주가 공손히 진

언했다.

"폐하께옵서도 저희와 같지 않으십니까."

황제.

누가 시킨 것도 아니건만 어느 순간부터 그는 황제라 불려나갔다.

그 또한 이젠 덤덤히 받아들였다.

황제라는 단어의 무게감이 생전의 기억을 계속 자극시켰기 때문이다.

그건 미련.

혹은 원통함.

생전에 이루지 못하고 죽어서야 후회하게 되는 감정들을 이미 죽은 자들에게서 갈구하고 있었다.

"기억을 가진 채 하계로 내려가는 방법은 오직 주군만이 가능하십니다. 저희들은 반생자의 육체에 혼을 옮겨 붙이려다 그대로 튕겨 나가거나 소멸될 겁니다."

그들도 마찬가지다.

"이제 그만 모든 것을 내려놓고 싶습니다."

미련만 남은 기억이 환생과 함께 사라지는 것이 두려워서.

누군가 이 한 맺힌 미련을 해결해 줬으면 하는 마음에 중간으로 모였다.

그리고 수백 년의 세월이 흘러 염원을 이룰 방법이 나타났다.

"절망 속에서 희망을 찾다니. 네놈답지 않구나."

"송구합니다, 주군. 하오나 저희는 이 순간이 오기를 간절히 염원하고 있었습니다."

언제까지 기억에 사로잡혀 기약 없는 미련을 붙잡고만 있을 것인가.

[모두 지키고 함께 나아갈 겁니다! 저는 아버지처럼 살지 않겠습니다!]

누구보다 오랫동안 이 중간을 다스려 온 그야말로 가장 많은 미련을 품고 있었다.

사내가 응어리를 떼어 내고 싶어 하는 간절한 시선들에게 외쳤다.

"나는 한때, 명예로운 죽음이 승리로 향하는 길이라 믿었었다. 하지만 그건 패자의 변명이다."

지난날의 후회를 씹어뱉었다.

"그건 패자의 변명이다!"

죽음은 허무하다.

백성들의 영혼이 끝없는 행렬로 이어지던 모습을 지켜볼 수밖에 없다.

"결국, 기억을 잃은 채 환생하고, 자신들이 진정 무엇을 이루려고 했는지. 어떤 것을 남겼고, 지켜야만 했는지! 가장 소중한 것들을 억지로 떨어뜨린 채 살아갈 것이

다! 그건 결코 명예롭지 않고, 나를, 너희들을 위대하게
만들지도 않는다!"

사내가 그들 앞에 우뚝 섰다.

"나는 다신 패배자로 살지 않겠다! 너희들의 미련도 모
두 내 안에 품겠다! 그리하여 너희와 내가 시대를 초월하
여 함께 꾼, 그 이상을 다시 한번 하계에서 이룩하겠다!"

절대자들이 그 말에 환하게 웃으며 무릎 꿇었다.

"미련에 절망한 방랑자들이여! 현실에 패배한 절대자
들이여!"

그가 그들에게 손을 뻗었다.

"이젠 승자가 될 시간이다!"

그 순간, 절대자들의 영혼이 새하얀 빛을 내뿜었다.

그들의 기억과 미련을 함께 담은 소망이 그의 손으로
빨려 들어갔다.

* * *

그가 절벽 끝자락에 올라서자, 기다리던 소년이 고개를
꾸벅 숙였다.

"페르노크라고 합니다! 명계를 다스리는 초월자를 뵙
게 되어 영광입니다!"

절망군주가 새로 중간에 들어오는 절대자들에게 항상
가르치는 인사법이다.

"너를 이곳으로 인도한 자에게 어디까지 들었나?"

"제 소원을 이뤄 줄 분은 오직 폐하뿐이라고요."

"또?"

"산 자와 죽은 자는 서로 간섭하지 못하여 계약이 불가 능하다고 들었습니다. 그리고 제가 이대로 살아난다 해도 얼마 지나지 않아 가슴의 상처가 심해져 결국 다시 죽게 될 거라고 했습니다."

"그럼에도 너는 내게 소망을 청하느냐?"

페르노크가 간절하게 외쳤다.

"어차피 죽을 목숨이라면 어머니와 마을 사람들을 죽인 그놈에게 복수하고 싶습니다!"

페르노크에게 다른 방법은 없었다.

되살아나도 상처가 심해 오래 버티지 못하고 죽는다.

"뭐든, 뭐든 다 할 수 있습니다!"

막다른 곳에 몰린 자의 절박함을 읽은 그가 고개를 끄덕였다.

"한 가지 방법이 있다."

"그게 무엇입니까!"

"내 혼이 네 육신에 들어가는 것."

"......!"

그 뜻은 명계의 지식이 전무한 페르노크도 확실히 이해할 수 있었다.

페르노크가 육신을 잃고 반생자에서 망자로 전락하지

만, 사내는 대신 그 몸에 살아가 그가 평생 꿈꾸지 못할 힘으로 원하는 복수를 대신 이뤄 주게 된다.

"하나, 이는 계약이 아니고 일방적인 행위에 불과하다. 설령, 내가 1왕자를 죽이지 않더라도 너는 나를 구속할 어떤 수단도 가지지 못한다. 그럼에도 너는 모든 것을 바치겠다고 할 수 있느냐."

페르노크는 더 이상 갈 곳이 없다.

다음에 명계에 올라온다면 그땐, 여느 망자들처럼 이지를 상실한 채 행렬을 걷고 있을 것이다.

그리고 모든 기억을 상실하여 짐승이든 무엇이든 원하지 않는 형태로 환생하게 된다.

이런 참혹한 결말은 결코 원하지 않는다.

망설임은 잠시뿐이었다.

"그 개자식과 왕족이라고 백성들을 깔보는 놈들을 모두 죽여 버렸으면 좋겠어요!"

그가 처음으로 피식 웃었다.

"그럼 긍지만 남은 나의 미련을 걸고 약속하마."

그리고 페르노크에게 손을 내밀었다.

"네 몸은 이제 나의 것이고, 너의 이름은 나의 이름이 되어, 나는 반드시 너의 소원을 이루어 주겠다."

페르노크가 그의 손을 마주 잡았다.

그 순간 반생자의 육신과 연결되었던 선이 그에게 이어졌다.

* * *

　태초에 신이 생명체의 몸과 영혼을 한 쌍으로 묶었다.

　이를 혼백 동화율이라 부르며 그와 반생자는 수치가 굉장히 낮았다.

　동화율 - 0.1%

　고작 물그릇에 불과한 육신에 대해를 쑤셔 넣으려 하니 균열이 일어난다.

　자칫 육신에서 그대로 튕겨 나갈 수도 있는 상황.

　절대자들이라면 여기서 소멸까지 각오해야 하지만, 그는 혼을 자유자재로 조절한다.

　그의 무한한 혼에서 일부분을 떼어 내고, 다시 반생자에게 어울리는 수준까지 깎아 냈다.

　동화율 - 1%

　혼과 육신이 서로 합쳐지는 최저한의 수치에 이르자 귀가 먼저 트였다.

　"……뭐, 건질 거 없냐?"

　"죄다 타 버려서…… 어?"

"왜?"

"한 놈 살아 있다!"

불쾌한 목소리가 들려온다.

"산송장이잖아."

"가슴에 상처가 깊긴 해도 적당히 지혈하면 돼."

"살려서 어디다 쓰려고?"

"투기장에 팔아 치워야지!"

망자들의 음침함이 아닌 생자들의 신선함.

"그럼 시체도 상관없지 않아?"

"같은 먹이라도 살아 있는 놈이 더 비싸."

"알았어. 피가 신선하도록 숨만 붙여 두자고."

"빨리 움직여! 성에서 사람 나오기 전에 정리해야 한다!"

등을 타고 오르는 서늘함.

가슴의 화끈거림.

무기력하게 내려앉은 팔과 다리.

명계에서 느낄 수 없던 감각들이 서서히 깨어난다.

동화율 - 5%

수백 년의 세월을 초월하여.

마침내 명계의 지배자가 모든 기억을 가지고 세상에 현현했다.

* * *

등에서 강한 충격이 타고 올랐다.

"으음…….."

소년이 무거운 눈을 힘겹게 뜨자, 축축하고 어두운 풍경이 눈앞에 드리웠다.

"이, 이보게들! 아이가 정신 차렸어!"

옆에 앉은 노인이 안도하며 소리쳤다.

"지금 그게 중요해?"

"그 짐덩이를 데리고 어떻게 싸울지 고민이나 해!"

사내들이 신경질적으로 맞받아치자 정신이 번쩍 들었다.

"매정하긴. 서로 싸우면 뭐가 달라진다고……."

안타까워하는 노인에게 고개를 돌렸다.

씻지 못한 얼굴이 꾀죄죄하여 볼품없었지만 눈동자만큼은 따스했다.

"여기가…… 어디……?"

메스꺼운 속을 간신히 달래며 묻자 노인이 안쓰러운 시선을 보냈다.

"투기장 15호실이란다."

"투기…… 장?"

"너나 나 같은 사람들을 잡아다가 몬스터의 먹이로 바

치는 곳이지."

지하투기장.

부랑자, 노예, 빚쟁이, 납치당한 일반인.

다양한 군상들이 무언가와 싸우는 볼거리로 관객들을 만족시키는 불법 경기장이다.

이곳의 경기는 총 3가지로 나뉜다.

실력자들을 초대해서 겨루는 개인전.

7명의 한 팀이 몬스터와 치르는 토벌전.

1명이 살아남을 때까지 싸우는 데스매치.

15호실은 토벌전 전용이다.

"젠장!"

이곳의 리더라는 사내, 보일이 신경질적으로 소리쳤다.

"덩치 좋은 놈으로 달랬더니 다 죽어 가는 놈이나 넘기고! 이 빌어먹을 새끼들은 머릿수만 채우면 된다는 거야? 싹 다 뒈지는 게 재밌냐고!"

답답함에 터져 나온 소리가 현재 15호실의 심경을 대변했다.

토벌전은 몬스터가 얼마나 잔혹하게 사람들을 죽이는지에 대한 재미로 보는 경기다.

일방적인 학살극의 참혹한 대가를 이들은 덜덜 떨며 지켜봐 왔었다.

"이대로 얌전히 죽을 성싶냐!"

보일이 쇠창살을 잡고 밖에 들으라는 듯 소리쳤다.

15호실은 몬스터를 상대로 딱 한 번 승리했었다.

빚을 갚으러 들어온 군부 출신의 용병을 희생한 대가였다.

그를 대신하여 언제 죽어도 이상하지 않을 소년이 왔으니 화가 솟구칠 만도 했다.

보일이 이를 갈며 생존자들과 작전을 짜기 시작했다.

노인과 소년은 그곳에 끼지도 못했다.

"다른 호실에 갔다면 그나마 나았을 텐데."

노인이 한숨을 내쉬었다.

죽어야 될 사람들이 살았으니, 주최자의 심기도 좋진 않을 것이다.

다음에 치러질 경기에서 분명 더 강한 몬스터가 나온다.

거기에 소년이라는 짐덩이가 들어왔다.

죽음은 예정된 수순이다.

"어이, 마지막 식사다."

쐐기를 박듯 간수가 말라붙은 빵 덩어리와 물 그리고 감자를 집어넣었다.

"이 새끼야! 얘기가 다르잖아! 발버둥 치면 빚을 탕감해 주겠다며!"

"하하하, 보일. 한두 번 활약으로 네 빚이 모두 사라진다고 생각하는 거야? 인생을 너무 날로 먹으려 하네."

"이 개새끼들아! 빚 갚는다고!"

"여기서 몸으로 갚아. 밥도 주고, 무기도 쥐여 주고, 운동까지 시켜 주잖아. 여기만큼 좋은 곳이 어디 있어?"

"네놈들 다 죽인다! 내가 갈가리 찢어 버릴 거야!"

"이번에도 신입 잘 챙겨서 화려한 쇼를 보여 달라고! 하하하하하!"

간수가 철봉으로 쇠창살을 소리 나게 두드리며 사라졌다.

보일은 이를 갈며 보급받은 식량을 모조리 가져갔다.

"이, 이보게……."

"뭐?"

보일이 노인을 째려보았다.

"우리도 먹을 것 좀 주게."

"너희 둘은 도움도 안 되잖아."

"이 애는 다쳤네. 뭐라도 먹여야 해!"

"우리가 배불리 먹고 싸워야 너희도 살아! 살아남아야 밥이든 뭐든 줄 거 아니야!"

보일이 물그릇 하나만 사납게 밀고, 사내들과 식량을 먹어 치우기 시작했다.

노인이 한숨을 내쉬며 품에서 작은 빵조각을 꺼냈다.

손바닥만 한 빵을 반으로 나눠 소년의 입에 밀어 넣었다.

"어제 먹다 남은 건데 상하진 않았어. 천천히 씹어 먹으렴."

처음으로 하계에서 먹는 음식이다.

딱딱해서 잘 씹히지도 않는 빵 조각을 최대한 입에서 굴렸다.

미약한 단맛이 느껴지자 가슴이 화끈거린다.

속이 메스껍고 구역감이 올라온다.

동화율 - 5%

간신히 육체에 혼이 들어간 정도.

노인이 물 한 모금 먹여 주자 손가락 마디와 발목만 조금 움직인다.

고개를 돌리는 것조차 힘겨운 최악의 상황이다.

하지만 제대로 뛰는 심장 소리를 들으며 소년은 안도했다.

'반생자의 특권이 요긴하게 쓰이는군.'

한 번 죽다 살아난 인간은 생존 본능이 강해져 자연 회복력이 대폭 상승한다.

하지만 그것만으론 가슴의 상처를 모두 치료하지 못한다.

'당장 죽음은 피한 정도. 수단을 강구하지 않으면 채 한 달을 넘기지 못한다.'

회복력도 한계가 존재한다.

살이 적당히 아물면 내부의 흐트러진 흐름을 바로 잡아야 죽음을 완전히 넘길 수 있다.

문제는 그럴 만한 시간을 혼자 벌기 어렵다는 것이다.

'이놈이 쓸 만해 보이는군.'

소년이 노인을 보았다.

궁지에 몰릴수록 사람의 본성이 튀어나온다.

노인 같은 부류는 뒤통수칠 걱정이 없거니와 궁지에 몰렸을 때도 뭉치려는 특징이 강하다.

오랜 세월을 거슬러 내려온 하계.

이곳에서 살아남기 위한 가이드로 노인은 나쁘지 않았다.

"당신, 이름은?"

"야크라고 한단다."

"난 페르노크."

페르노크가 남은 빵으로 시선을 돌렸다.

"그 빵 나눠 줄 수 있겠나?"

눈을 끔뻑이던 노인이 이내 부드럽게 웃었다.

"배가 많이 고팠나 보구나."

노인이 페르노크 입에 남은 빵을 집어넣었다.

페르노크는 빵을 씹으며 노인에게 물었다.

"무기는 어디 있지?"

"경기장 앞에서 하나씩 고르게 한단다."

"그걸로 괴물을 죽일 수 있나?"

노인은 페르노크가 겁에 질렸다고 생각한 모양이다.

부드럽게 웃으며 말했다.

"가죽을 뚫기도 버겁단다. 하지만 함께 힘을 모으면 살 수 있어. 너는 아무 걱정 말고 푹 쉬렴."

페르노크가 노인을 물끄러미 바라보았다.

'순박한 바보였군.'

보일 쪽은 이미 정리를 끝낸 모양이다.

이쪽을 힐끔거리는 눈초리가 예사롭지 않다.

'저쪽은 우릴 버리고 살아남을 생각으로 가득한데, 협력 같은 미지근한 희망에나 기대고.'

페르노크가 흐릿한 미소를 머금었다.

'역시, 하계는 예전이나 지금이나 똑같아.'

오랜 세월이 흘렀음에도 하계는 여전히 탐욕스럽다.

익숙한 느낌에 마음이 평안해지자, 잠시 잊었던 고통이 치솟았다.

페르노크가 차분히 내면을 관조했다.

처참한 몸 상태보다 심각한 문제는 따로 있었다.

'영력이라도 마음껏 끌어 썼으면 좋으련만.'

영력이란, 영혼의 격을 상징한다.

태초부터 생명체와 함께한 모든 것의 근원이자, 죽은 후에야 실체를 깨닫는 특별한 힘이다.

페르노크는 명계에서 영력을 터득했고 최고가 되었다.

지금 명계를 지배했던 무한한 영력은 그의 영혼에 각인되어 있다.

하지만 마음껏 꺼내 쓰지 못한다.

'생자의 세계에서 죽은 자들의 힘을 현현시키는 건, 역시나 육신에 극심한 부담을 안기는군.'

동화율이 낮기에 끌어 쓸 수 있는 영력의 한계가 명확하다.

억지로 영력을 가져왔다간 기껏 안착된 혼이 육신에서 튕겨 나갈지도 모른다.

'공격술은 불가능하지만 육체에 힘을 실어 주는 정도는 가능하겠어.'

티끌보다 못한 영력을 눈가에 돌렸다.

영혼 구별.

혹은 관찰안이라고 불리는 탐색 기술이 발동되자 야크의 몸속이 선명하게 보였다.

"배가 아프지 않아?"

"배? 그러고 보니 어제부터 속이 좋진 않구나."

페르노크가 무심히 고개를 끄덕였다.

영혼 구별은 본래라면 영혼의 나아가는 방향을 한 수 앞서 살펴, 상대의 동작을 예지하는 기술이다.

동화율이 낮은 탓에 지금은 고작 상대의 내부를 들여다보는 정도에 불과하다.

'오랜만이군.'

처음 명계에서 영력을 수련했을 때로 돌아가는 기분이다.

상황은 좋지 않지만, 영력을 사용할 수 있다는 점은 긍정적인 신호다.

초월자의 영력은 영혼에 각인된 상태고, 육신의 동화율만 높인다면 언제든 끌어 쓸 수 있다.

'천천히 밑거름부터 다져 나가야겠어.'

급하게 육신에 부담을 줄 필요는 없다.

하나씩 차분히 길을 닦아 간다는 느낌으로 페르노크가 피의 흐름부터 개선해 나가기 시작했다.

* * *

얼마의 시간이 흘렀는지 모르겠다.

몸을 일으킬 정도가 되었을 때, 간수가 다시 찾아왔다.

"흐흐, 재미 볼 시간이다."

야크가 당황하여 소리쳤다.

"이 아이는 아직 움직이지 못합니다!"

"다 죽고 싶으면 계속 엄살 부리던가."

간수가 철봉을 빼든 순간 5명의 시선이 야크에게 쏟아졌다.

야크가 앙상한 몸으로 페르노크를 등에 업었다.

"이, 이대로 가겠습니다."

"진작 그럴 것이지."

간수가 15호실의 7명을 끌고 갔다.

음침한 복도를 한참 걷다가 낡아 빠진 무기가 걸린 장식대 앞에 멈췄다.

"자, 마음에 드는 걸로 가져가."

보일이 무기 상태를 보자마자 욕지거리를 내뱉었다.

핏자국이 그대로 녹아 있는 무기들은 손질조차 제대로 되어 있지 않았다.

이게 15호실에 주어진 전부였다.

"오늘도 끝까지 발버둥 쳐 달라고."

음흉하게 웃은 간수가 경기장 문을 열었다.

15호실은 갑옷 없이 낡은 무기 하나씩 들고 경기장에 떠밀리듯 들어갔다.

높게 치솟은 벽 위로 가면 쓴 관중들이 자리하고 있었다.

"15호실이다!"

"이번에도 살아라!"

"너희한테 걸었다고!"

야크가 페르노크를 뒤에 내려놓았고, 보일과 사내들은 긴장하며 자세를 잡았다.

"너희 둘! 몬스터가 나오면 옆으로 돌아가!"

"살고 싶으면 따라! 어서!"

이쪽을 미끼로 던지고 몬스터의 허점을 찌른다.

대꾸할 가치도 없는 판단을 무시하며 페르노크가 야크에게 시선을 돌렸다.

"그거 내 무기지?"

야크가 무거운 표정으로 고개를 끄덕이며 낡은 장검을 페르노크에게 건넸다.

페르노크가 장검을 지팡이 삼아 힘겹게 몸을 일으켰다.

"서 있기 힘든데, 뒤로 가지."

"보일이 옆으로……."

"우릴 죽이려는 작자의 말을 뭐 하러 들어?"

야크가 쉽게 결정하지 못하고 망설이던 순간이었다.

"뭐 해! 옆으로……!"

그그그긍!

스산한 철 음이 보일의 고함을 가로막았다.

반대편 쇠창살이 열리자 쇠꼬챙이를 든 새빨간 몬스터가 걸어 나왔다.

보일보다 머리 하나가 작았고, 손톱은 피부만큼이나 새빨갛다.

"오오! 레드 자카!"

"아, 망했네."

"15호실도 다 죽겠어."

저게 무엇인지 15호실은 알지 못했다.

페르노크가 살았던 시대에도 저런 몬스터는 없었다.

하지만 무엇이 나오 건 최악인 상황은 변하지 않는다.

절망스러워하는 사람들 속에서 페르노크만 차분하게 검을 움켜쥐었다.

살짝 들어 올렸을 뿐인데, 검 끝이 심하게 흔들린다.

'양손으로 잡고 힘준다면 딱 한 번은 찌를 수 있겠군.'

걸음 한 번에 찌르기 한 번.

실패하는 순간 이쪽이 물어 뜯긴다.

"끄아아악!"

"마르코오오오!"

비명이 보일 일행을 휩쓸었다.

보일은 난데없이 날아온 돌멩이에 당황하는 표정이었다.

'지성이 어설프게 붙었군.'

페르노크는 검을 들어 올리는 것조차 버겁고, 야크는 겁에 질린 노인이다.

척 보기에도 약하다.

약한 놈은 머릿수로 치지 않는다.

이미 조리 끝난 먹잇감을 다시 손질하려 들 정도로 레드 자카는 멍청하지 않다.

영악한 놈은 힘이 넘치는 이 순간에 가장 성가셔 보이는 보일부터 죽여야 한다고 생각했는지, 이쪽으론 시선도 주지 않는다.

현명한 판단이다.

페르노크가 레드 자카의 약점을 포착하기 전이었다면 말이다.

"영감."

"……."

"영감!"

"어? 어어!"

"정신 차려. 이대론 모두 죽어."

보일 일행의 비명이 터져 나올 때마다 야크는 벌벌 떨었다.

처음부터 학살을 위해 짜인 판이다.

한 번 살아남았다는 이유만으로 15호실은 잔혹하게 물어뜯기는 대가를 치러야 했다.

하지만 이렇게 죽고 싶진 않았다.

"내가 놈의 약점을 알고 있어."

야크가 귀를 쫑긋 세우며 페르노크를 돌아보았다.

"놈이 올 때, 내가 신호를 줄게. 그럼 같이 앞으로 뛰어가는 거야."

"저, 저놈에게?"

"명심해. 실수하면 사이좋게 죽는 거야."

야크가 떨리는 시선으로 전방을 응시했다.

"와아아아아아!"

레드 자카의 무자비함이 관중들의 환호성을 끌어냈다.

그들의 쾌락에 자극받았던 것일까.

야크가 울분 섞인 표정으로 무기를 꽉 움켜쥐었다.

"아…… 아아……."

그 사이 오줌까지 지리며 벌벌 떨던 보일이 무기를 움켜쥔 채 주저앉았다.

그가 페르노크 쪽으로 시선을 돌렸다.

"도, 도와줘……."

퍽!

쇠꼬챙이가 보일의 머리를 뜯어 버렸다.

피가 분수처럼 솟구치는 목에 레드 자카가 입을 가져갔다.

물이라도 되는 것처럼 피를 빨아 마신 녀석이 시체를 내팽개치고 두 사람에게 고개를 돌렸다.

녀석이 씨익 웃었다.

"크라아아아아!"

마침내 놈은 디저트를 향해 달렸다.

어떤 변칙적인 동작도 없었다.

다 잡은 물고기라 생각했는지 쇠꼬챙이를 높게 들어 올리며 질주했다.

레드 자카는 정직하게 땅을 박찼고, 페르노크의 관찰안이 일련의 동작을 파악했다.

"지금."

야크가 무기를 품에 안고 뛰어들었다.

적을 베기보단, 저항이라도 해 봐야겠다는 어설픈 움직임.

심지어 눈까지 감았다.

먹잇감이 제 발로 찾아오는데 마다할 사냥꾼은 없다.

레드 자카가 피로 번들거리는 송곳니를 드러냈다.

나약한 야크에게 모든 시선이 팔려 쇠꼬챙이가 일직선으로 하강한다.

야크가 겁에 질려 헛손질하는 그 순간.

콰득!

야크의 겨드랑이 아래에서 튀어나온 검이 레드 자카의 오른쪽 눈을 관통했다.

"……어?"

야크가 저도 모르게 뒤를 돌아보았다.

어느새 야크 등에 바짝 붙어 몸을 숨긴 페르노크가 양 손으로 검을 쥐고 체중까지 함께 실어 버렸다.

그대로 두 손을 틀었다.

콰드득!

레드 자가의 미리에서 무언가 터지는 소리가 들렸다.

놈이 피가래 끓는 소리를 흘리며 눈 속에 검이 꽂힌 채 뒤로 쓰러졌다.

동시에 페르노크도 주저앉았다.

한 걸음 내디뎠을 뿐인데, 식은땀이 비 오듯 쏟아졌다.

하지만 시선은 경련하는 레드 자카에게 꽂혀 있었다.

"얕아."

레드 자카의 움직임을 예상하고, 그 시야를 야크로 가 득 채우는 데 성공했다.

가죽조차 못 뚫는 낡은 무기로 가장 취약한 부분에 최 선의 일격을 날렸건만, 레드 자카는 아직도 숨 쉬고 있다.

꽤 질긴 목숨이다.

"영감이 마무리 지어."

"어, 어?"

"좋은 무기가 여기 있잖아."

페르노크가 바닥에 나뒹구는 쇠꼬챙이를 발로 밀었다.

"이딴 쓰레기론 저 가죽을 못 뚫지만, 꼬챙이는 다르지."

"우, 우리 산 거야?"

"머리를 부수기 전까지 안심하지 마."

야크는 순박해도 바보가 아니었다.

마른침을 삼킨 그가 쇠꼬챙이를 양손에 들고 레드 자카의 머리를 힘껏 내리찍었다.

퍽! 퍽! 퍽!

그동안의 울분을 담은 듯 야크의 꼬챙이질은 멈추지 않았다.

페르노크가 관중석을 돌아보았다.

모두가 침묵하고 있었다.

상처 입은 페르노크와 비쩍 마른 야크가 레드 자카를 죽일 거라고 생각하지 못한 듯했다.

"헉, 헉, 헉!"

페르노크가 숨을 몰아쉬는 야크에게 천천히 시선을 돌렸다.

그 순간, 주위에서 새하얀 빛이 떠올랐다.

보일 일행과 레드 자카의 영혼들이 명계로 승천하는 현상이다.

크게 놀랄 만한 부분은 아니었지만, 유독 페르노크의 시선을 잡아끄는 빛이 있었다.

혼을 타고 흐르는 은은한 빛.

페르노크가 그곳에 손을 뻗자, 영혼은 명계로 향하고 빛만 흡수되었다.

"……!?"

페르노크가 놀란 눈이 되었다.

동화율 - 5.1%

꿈쩍도 않던 동화율에 변화가 생겼다.

* * *

페르노크가 몸을 살폈다.

'망자의 영력이 내 몸에 흡수됐다고?'

영력은 보통 망자가 망자에게서 추출한다.

페르노크는 명계에서 강자들의 영력을 흡수하며 성장했다.

하지만 페르노크는 망자가 아닌 생자다.

생자가 망자의 영력을 역으로 흡수할 거라곤 생각지도 못했었다.

'내 영력의 총량은 그대로다. 이건 영혼에 흡수되는 성질이 아니야. 내 육신에 바로 스며든다.'

가뭄 난 농지에 물을 뿌리듯이 영력은 육신 곳곳에 흡수되어 모자란 부분을 채워 준다.

'명계의 영력은 영혼을 보듬고, 하계에서 바로 뽑아 낸 영력은 생자의 육신을 단단하게 만든다.'

영력의 총량이 늘어나지 않는 대신, 육신이 영력에 친

화적으로 바뀐다.

하여, 무한한 그의 영력을 끌어 써도 육신이 부서지지 않을 만큼 다듬어진다.

동화율을 끌어올릴 방법을 고심했던 페르노크에게 무척이나 달콤한 발견이었다.

'육신이 회복된다 해도 내 혼의 영력을 얼마만큼 끌어낼지 미지수였다. 하지만 이대로 영력을 흡수해서 육신을 새롭게 완성시킨다면 명계에서 사용했던 내 영력을 전부 끌어낼 수 있다.'

사람과 몬스터.

혹은 다른 무언가에서도 영력을 추출할 수 있는지 확인해야 한다.

'전쟁 혹은 투쟁.'

지금 이곳이야말로 페르노크에게 딱 알맞은 환경이었다.

페르노크가 씨익 웃으며 주위를 둘러보자, 침묵한 관중들이 먹잇감으로 보이기 시작했다.

'저 버러지들의 영력은 얼마나 될까?'

최악일 거라 생각한 이곳은 최선일지도 몰랐다.

* * *

"이 미친놈들. 이걸 사네."

간수가 고개를 절레 저으며 야크와 페르노크를 15호실에 가뒀다.

"인원이 충당될 때까지 얌전히 있어."

간수가 복도 너머로 사라질 때쯤 야크가 페르노크에게 고개를 숙였다.

"고맙네. 덕분에 살았어."

"영감이 계속 그대로였다면 우린 다 죽었겠지."

"이런 경험이 많은가 보군."

"……?"

"레드 자카 같은 괴물을 죽이는 것 말이야."

야크가 페르노크의 상처를 힐끗 보았다.

가슴의 화상 자국을 전투로 얻은 훈장으로 여기는 듯했다.

야크를 부려 먹기 좋은 오해여서 페르노크는 태연하게 대꾸했다.

"그런 피라미 하나 죽이는 일이 뭐 대수라고. 그보다 앞으로가 중요해."

"앞으로…… 그래, 우린 계속 여기서 싸워야지."

"죽을 때까지 말이야."

비수처럼 꽂히는 말에 야크의 어깨가 축 늘어졌다.

"영감은 녀석들과 달라 보이던데, 어떻게 이곳으로 들어온 거야?"

"납치를 당했네."

"빚 때문에?"

야크가 고개를 저었다.

"나는 전쟁으로 가족이 죽어서 이곳저곳을 떠돌아다녔어. 글을 읽고 쓰는 재주가 있어서 글을 알려 주면서 먹고살았지. 그러다가 팔키온 후작령에 들어섰는데……."

야크가 씁쓸하게 웃었다.

"……그 뒤로 기억이 없군. 눈을 떴을 땐 이곳이었지."

팔키온 후작령은 일루미나 왕국의 영토이자 반생자의 마을을 다스렸던 영지다.

'중상이었던 나를 빠르게 팔아 치웠으니, 이 투기장은 팔키온 후작령 인근에 있겠군. 한데, 이만한 규모의 경기장과 관객들을 두고도 후작령에서 아무 조치도 없는 걸 보면…….'

지하 투기장의 존재를 알면서도 방치하거나, 어쩌면 이곳을 몰래 운영하거나.

여러 가지 상황이 예측되지만, 결론은 한 가지로 모인다.

팔키온 후작령과 지하 투기장은 서로 긴밀하게 연결되어 있다는 것.

"외부 협력을 구하긴 글렀군."

"뭐 들은 거라도 있나?"

"당신도 짐작하고 있잖아. 일반인도 납치당하는데 후작령쯤 되는 곳에서 아무런 조치가 없다는 게 이상하지 않아?"

"……."

"이곳의 존재를 모르거나, 이곳 관리자와 긴밀한 관계를 맺고 있겠지. 전자라면 무능하고, 후자라면 부패했어."

"그, 그렇겠지."

"자력 탈출 외에 방법은 없어."

야크가 마른침을 꼴깍 삼켰다.

당장 다음 경기에서 살아남기 위한 희망은 이제 한 가지뿐이었다.

"네가 하라는 건 뭐든지 다 하마. 이곳에서 허무하게 죽지 않도록 도와줘!"

페르노크가 절박한 야크를 물끄러미 바라보며 물었다.

"다음 경기는 언제 열리지?"

"인원수가 채워지면 바로 시작될 거야."

"7명이 채워지기까지 얼마나 걸리지?"

"네가 들어올 때, 이틀 정도 걸렸어. 우린 5명을 더 채워야 하니 최소 일주일, 길어야 보름 정도겠지."

"생각보다 여유롭군. 좋아, 그럼 내가 쉴 동안 영감이 도와줄 일이 있어."

"뭐든 말만 하게."

"바깥 얘기나 들려줘. 일루미나 왕국과 관련된 거면 뭐든 좋아."

반생자는 평생 마을에서 살았다. 심지어 글도 읽고 쓸 줄 모른다.

무지렁이나 다름없는 기억으론 지금 살아가는 세계를

알 수 없다.

"투기장이 아니라?"

"이런 곳 수준이야 뻔해. 그보다 세상 돌아가는 얘기가 궁금해. 영감이 아는 것 전부 얘기해 줘."

"그리 대단한 건 없지만……."

야크가 떠돌아다녔던 영지들을 얘기했다. 글을 가르쳤다는 말이 사실인지, 책으로 봤던 지식들도 알기 쉽게 풀어서 설명했다.

백성들의 가난.

혁명군.

전쟁.

세계를 주름잡는 거대 국가.

대부분 세상이 혼란스럽거나 부패한 왕국에 대한 성토뿐이었다.

자신이 살았던 시대처럼 이곳에도 끝없는 전쟁이 벌어지고 있었다.

그나마 지금은 잠시 숨을 고르는 시기인 듯했다.

동쪽의 강대국이 서쪽의 강대국을 예의 주시하며 다른 약소 나라들이 어느 편에 설지 결정하는 중이었다.

특히 일루미나 왕국은 그 정도가 심했다.

'강대국들 한복판에 세워진 나라.'

일루미나의 사방은 온통 강대국들이다.

다른 국가의 침공을 호시탐탐 노리는 강대국들 입장에선 전초기지 같은 일루미나는 무척이나 먹음직스러웠다.

'이딴 나라가 오랫동안 명맥을 이어 오다니.'

들을수록 기가 막힐 노릇이다.

"……그래시 이 왕국은 내가 봤던 다른 나라들보다 개방적이야. 일루미나의 왕위 쟁탈전 알지?"

"그게 뭐지?"

"으음, 일루미나는 왕이 후계자를 지목하지 않아. 왕이 죽거나 나이가 많아 일선에서 물러나야 할 때, 왕족들에게 시련을 내린다고 하네."

"자식이 아닌 다른 왕족들에게도?"

야크가 고개를 끄덕였다.

"보다 강한 씨가 나라를 지킬 거라는 믿음 때문이라고 하더군. 하지만 결과를 놓고 보면 결국은 왕의 자식들이 왕위를 차지했어."

"시련은 단순한 말장난인가."

"나야 모르지. 그래도 일루미나는 이것 덕분에 지금까지 나라를 지켜온 거야."

"……?"

"일루미나의 왕족들은 저마다 강한 국가와 협력하고 있거든. 다음 대의 왕위 후보자들도 강대국을 등에 업었다고 소문이 자자해."

"왕족이란 것들이 수치를 모르는군."

"동아줄을 한 곳이라도 붙잡지 않으면 이 나라는 그대로 무너질 테니까. 아무튼 내가 아는 일루미나는 이런 곳이네."

자생할 능력이 없음에도 기형적인 구조로 연명해 온 나라.

'언제 무너질지 모를 가늘고 긴 탑과 같군.'

차라리 잘된 일일지도 모른다.

두텁고 단단한 것보다 구멍이 송송 난 곳이 찌르기 편하니까.

"더 듣고 싶은 얘기가 있나?"

"글도 좀 배워 보고 싶어."

"글이라…… 그건 어렵지 않군."

야크가 웃으며 돌멩이를 가져왔다.

바닥에 돌 모서리로 글자를 긋기 시작했다.

"이 감옥을 온통 글자로 채울 때쯤이면 7명이 완성되겠지."

야크가 물 만난 고기처럼 교육에 열을 올렸다.

페르노크는 치밀어 오르는 통증을 참으며 새로운 세상의 지식을 습득해 나갔다.

* * *

야크에게 이곳의 언어를 배우며 치유에 전념했다.

다행히 간수들은 빵과 물 정도는 꼬박꼬박 챙겨 줘서

식량 걱정은 없었다.

'슬슬, 되겠군.'

통증으로 식은땀이 흘러나오지 않을 무렵, 페르노크는
절대자들의 기억을 살펴보았다.

'어떤 게 가장 나와 잘 맞을까.'

시대를 거슬러 올라가며 힘은 계속해서 변화해 나갔다.

초기 전사들은 자신의 몸을 완벽하게 다뤄 내면을 끌어
내는 수련 방식을 선호했다.

이를 '아타카'라 부르며 끝내 초월적인 힘이 신에 닿을
거라 믿었다.

그러나 육신의 힘은 결국 한계를 맞이하고 몰락했다.

다음 세대에 '근원'이라 불린 온갖 현상을 조종하는 권
능에 가까운 힘이 출현했기 때문이다.

절망군주가 다룬 '근원' 어둠은 세상을 밤처럼 어둡게
만들었다.

그 속에서 신과 같은 권능을 자랑하던 근원의 시대는
진정한 신의 기적 앞에 무너져 내렸다.

광휘.

신의 축복이라고도 불리는 이 힘이 하늘의 빛을 모아
근원의 이질적인 현상을 비틀었다.

결국, 광휘와 근원이 충돌하여 서로 소멸되었다.

모든 힘이 사라진 세상은 또 한 번의 진화를 이룩한다.

특별한 금속에 담긴 흐름을 무기로 제련하여 사용하는

시대가 도래한 것이다.

'기사왕이 천 년 대국을 꿈꾸던 시기.'

절망군주의 수하로 들어간 망자, 기사왕은 이 시대를 주도한 절대자였다.

하지만 그의 왕국은 운명처럼 들이닥친 '재앙'에 버티지 못하고 무너졌다.

금속은 사라졌고, 기사의 나라는 무너졌다.

그리하여 마침내 세상은 또 한 번의 발전을 이룩하게 된다.

마법.

마력이라는 특별한 원동력으로 개인에게 잠재된 이능을 깨워 사용하는 시대가 찾아왔다.

후천적으로 배울 수 없고, 처음부터 태어난 자만 사용 가능한 재능의 결정체.

지금의 시대는 얼마나 뛰어난 마법을 가졌는지에 따라 서열이 나눠진다.

'마법은 설명으로만 들어서 잘 모르겠지만…….'

중간으로 올라온 망자들 중에 마법사는 없었다.

위업을 달성하지 못할 정도로 마법이 형편없거나, 이 힘을 깊이 탐구한 자가 없다는 뜻이다.

'……어차피 마법은 타고난 자들만 쓸 수 있다는 점에서 근원하고 형태가 비슷하기에 내가 배우지 못한다. 광휘는 하늘의 빛이 필요하니 이것도 불가능하다. 기사왕

이 남긴 무기는 차차 찾아가야 한다.'

시대를 초월하더라도 유일하게 존재하는 모든 것의 근본 '영력'이 있지만, 지금으로선 관찰안을 사용하기에도 벅찰 정도다.

페르노크는 꺼내 쓸 수 없는 힘에 미련을 두지 않았다.

'아타카가 제격이겠군.'

순간, 머릿속으로 아타카의 최고에 이르는 온갖 지식과 경험들이 스쳐 지나간다.

페르노크가 노련한 달인처럼 혈행을 긴밀하게 파악한 후 각 근육과 장기의 위치를 조작하기 시작했다.

이 수행법은 육체의 폭발적인 근력 증폭이 가능하지만, 무엇보다 치유 효과가 탁월하다.

아타카로 최고에 이른 자들은 재생에 가까운 신기를 선보이며 어지간한 상처는 전투 중에 치료했다.

페르노크는 그 단계에 이르지 못했지만, 장기 위치와 어긋난 뼈를 스스로 통제하여 반생자의 특권을 더 빠르게 북돋웠다.

"후우우우."

긴 숨을 내쉬며 아타카에서 벗어나자, 잔뜩 조인 근육들이 비명을 내지른다.

가슴의 화끈거리는 통증이 치솟자 식은땀이 흘러내렸다.

"몸이 또 안 좋나?"

야크가 걱정스러운 표정을 지으며 달려오자 페르노크

가 고개를 저었다.

"괜찮으니 영감은 내가 알려 준 거나 수련하고 있어."

"으음…… 무슨 일 생기면 바로 부르게."

야크가 빈 그릇을 쥐고 구석 허공에 이리저리 팔을 휘둘렀다.

페르노크가 일러 준 병장기의 기본 경로다.

시간이 흘러도 수련에 차도가 보이지 않으면 야크를 이용해 몬스터를 상대하게 할 생각이었는데, 괜한 걱정이었다.

'좋군.'

이 식은땀은 몸속에 남아 있는 찌꺼기다.

혈행이 개선되자 노폐물이 땀구멍을 통해 빠져나오고 육신이 활력을 되찾는다.

'이 속도면 얼마 안 가 근력 증폭 정돈 사용할 수 있겠어.'

페르노크의 수련은 순조롭게 진행되었다.

보름 동안 먹고, 자고, 수행을 반복한 결과 팔을 여러 번 휘두를 만한 근력이 생겼다.

가슴의 상처도 지금은 살짝 아린 정도로 회복되었다.

화상 자국은 다른 방식을 통해 지워야 하지만 지금 당장은 전투력을 상승시키는 게 급선무다.

한 달 정도 시간이 더 주어졌다면 고대의 투기술까지 익혔겠지만, 이곳은 호락호락하지 않았다.

"신입이다!"

5명이 한 번에 들어왔다.

배불뚝이, 절름발이, 외팔이…… 그나마 정상으로 보이는 거한은 벙어리였다.

'이번에는 반드시 죽이겠다는 건가.'

보일 일행은 몬스터를 찌를 만한 패기라도 있지만, 이들은 겁먹고 줄행랑부터 칠 것 같았다.

'오히려 좋군.'

형편없는 사냥감들을 들여보내는 대신, 사냥꾼은 한층 포악해질 테니까.

페르노크는 희열 섞인 눈동자로 간수를 응시했다.

"이봐, 간수. 이번엔 제대로 준비했겠지?"

몬스터의 강함에 따라 영력의 양과 질은 차이를 보일 것인가.

사냥꾼을 포식할 생각에 절로 미소가 그려졌다.

* * *

"미친놈."

언제 죽어도 이상하지 않을 산송장이 웃자, 간수가 혀를 찼다.

"아주 제대로 망가졌구나."

이곳에서 느긋하게 지낼 사람은 두 부류다.

강하거나, 정신이 돌아 버렸거나.

간수는 페르노크가 명백히 후자라고 판단했다.

'레드 자카의 눈알을 찔러 죽였다고 했던가.'

창백한 소년과 비실대는 노인의 합작품이 관중석을 침묵시켰다는 이야기에 몬스터도 다 잡은 먹잇감 앞에서 방심이란 걸 하는구나. 정도로 생각했다.

'보일이 판을 깔아 줬겠지.'

이곳에 끌려온 5명은 보일 일행보다 훨씬 뒤떨어지는 만큼 두 번의 요행은 없다.

그리고 무엇보다.

"경기장에선 정신줄 똑바로 붙잡아라. VIP들께서 네놈들 경기 직접 관람하신단다."

두 번이나 살아남았다는 소식을 들은 VIP들이 직접 찾아오는 만큼 그들이 실망하지 않을 몬스터를 내보낼 것이다.

"잘 먹고 화끈하게 싸워 보라고. 하하하하!"

비릿하게 웃은 간수가 딱딱한 빵을 던지고 사라졌다.

페르노크가 남겨진 신입들을 훑어보았다.

'보일보다 더 쓸모가 없어 보이는군.'

체격이 왜소하거나 뚱뚱해서 운동과는 담을 쌓은 듯한 사람들뿐이다.

페르노크는 미련 없이 빵을 집어 구석에 앉았다.

"투, 투기장 까짓것! 나는 전직 군인이다! 몬스터 사냥도 해 봤어!"

별안간 배불뚝이 사내가 벌떡 일어나 외쳤다.

절망적인 표정의 사람들이 한 줄기 희망을 발견한 것처럼 시선을 모았다.

"그게 정말입니까?"

"지금이야 술살이 쪘다지만! 내가 왕년에 온갖 전술 강의는 다 빌어 봤네! 우리가 함께 모여 선술을 구사하면 중, 소형 몬스터도 이길 수 있어!"

그리고 배불뚝이 사내가 페르노크를 돌아보았다.

"너희 둘이 이 방의 생존자지?"

페르노크가 빵을 씹어 먹으며 무미건조하게 답했다.

"어."

"이전에 상대했던 몬스터는 뭐였어?"

"레드 자카."

"우리 무기는 뭘 주지?"

"낡은 것들."

스스로 죽음을 자처해 주는 미끼라면 환영이다.

야크 외에 다른 누군가를 보살펴 줄 정도로 몸 상태가 좋아진 게 아니어서 적당히 대꾸해 줬다.

그러자 배불뚝이 사내가 15호실의 리더라도 된 것처럼 으스댔다.

"……그렇게 살아남았군. 좋아, 너희는 이전처럼 몬스터의 발을 물고 늘어져."

배불뚝이 사내가 다양한 몬스터를 예상하며 전술이랍

시고 엉성한 포진을 늘어놓는 동안, 페르노크는 야크에
게 속삭였다.

"저번처럼 할 거야."

"저 사람과 협조하지 않을 건가?"

"뭐가 나올지도 모르는데 자신만만해하잖아. 본래 저
런 놈들은 실속이 없는 법이지."

"그럼 한마디 거들지 그랬나."

"몇 마디 시험 삼아 던져 봤어. 전술에 반영하면 좋을
텐데, 내 말은 듣지도 않더군. 저놈은 보일처럼 이곳에
군림하려고 해. 신경 써 봐야 시간 낭비야."

"정말, 저 사람들과 함께 살아남을 방법은 없나?"

야크가 안타까움에 묻자 페르노크의 눈동자가 무심해
졌다.

"벌써 잊었어?"

야크가 어깨를 흠칫 떨었다.

"처음 이곳엔 7명이 있었어."

살아남았다는 흥에 취해 있었던 야크가 다시 냉혹한 현
실을 자각했다.

"모두 함께 살아남는 환상은 그럴 만한 힘이 있을 때
나불대는 거야. 우리가 지금 누구한테 훈수 둘 처지야?"

몸이 회복되는 중이라곤 하나, 페르노크는 아직도 고통
에 식은땀을 흘린다.

야크는 무기 하나 겨우 휘두르는 노인이다.

"5명이 죽어서 우리가 산 거야."

"그래. 그랬었지……."

"게다가 이곳 관계자들은 지금 독이 바짝 올랐어. 레드 자카보다 영악하고 강한 놈을 내보내겠지. 이 다음에 영감까지 살려 줄 거라고 장담 못 해. 그러니 항상 기억해."

야크가 무거운 얼굴로 고개를 끄덕였다.

"책임지지 못 할 말은 선의가 아니라 허세야."

그리고 페르노크는 구석에서 조용히 내부를 관조했다.

"몬스터도 인간하고 비슷해. 지능을 가진 녀석들은 집단을 마주하면 주춤거리는 법이야!"

사내의 몬스터 강의는 밤새도록 이어졌다.

대부분 어디서 주워들은 듯한 지식이었지만 사람들은 고개를 끄덕이며 열정적으로 호응했다.

어느새 사내는 사람들을 수하라도 되는 것처럼 명령하기 시작했고, 얼마 지나지 않아 15호실의 경기가 찾아왔다.

* * *

녹슨 무기를 쥐고 경기장에 들어서자 관중들이 환호했다.

"기다렸다고!"

"이번에도 살아남아라, 15호실!"

들끓는 열기에 사내들은 바짝 긴장하며 반대편 쇠창살을 바라보았다.

그그그긍!

쇠창살 안에서 성인 3명을 합쳐 놓은 듯한 크기의 검은 늑대가 튀어나왔다.

"라미라 울프!"

배불뚝이 사내가 비명에 가까운 소리를 질렀다.

"마르손 씨, 저놈 사냥해 봤어요?"

사내, 마르손이 식은땀을 흘리며 고개를 끄덕였다.

"실물로 보는 건 처음이지만, 라미라 울프를 사냥한 전우에게서 놈의 약점을 들은 적이 있어."

"그게 정말입니까!?"

"라미라 울프는 궁지에 몰릴 때, 아가리를 크게 벌리는 습성이 있어! 그때를 노려서 아가리에 무기를 쑤셔야 해!"

정답에 가까운 방법을 도출했으나, 어떻게 놈을 붙잡아야 하는지 과정에 대한 설명은 전혀 없다.

"거리를 두고 산개해! 놈이 한 명을 잡으러 오면 그때 사방에서 덮치는 거야!"

포식자 앞에서 포위망을 넓게 펼친다 한들 위협적으로 비칠 리 없다.

그저 어디선가 눈동냥으로 얻어 낸 듯 엉성한 전술이지만, 라미라 울프를 충분히 관찰할 시간이 만들어졌으니 페르노크로선 나쁠 게 없었다.

"크아아앙!"

라미라 울프의 날카로운 포효가 경기장을 진동시켰고, 마르손을 비롯한 모두가 새하얗게 질린 순간. 라미라 울프가 곧장 마르손에게 달려들었다.

"조, 좁혀!"

마르손이 창을 내질렀지만, 라미라 울프는 고개만 까딱거려 피했다.

"죽여!"

"마르손 씨를 지켜!"

사내들이 사방에서 라미라 울프를 압박해 갔다.

야크도 뛰쳐나가려는데, 페르노크가 손을 뻗어 막았다.

"가면 휩쓸려."

발톱을 한 번 휘두르자 마르손의 무기가 부서졌다. 사내들이 사방에서 무기를 찔러 보지만, 털만 쓸어 넘길 뿐, 가죽엔 흠집도 내지 못했다.

오히려 라미라 울프의 성미만 자극시켰다.

콰드득!

"커헉!"

라미라 울프가 뛰어들고 얼마 지나지 않아 마르손의 목이 찢겼다.

'레드 자카 때보다 훨씬 편해졌군.'

동화율이 미약하게나마 상승한 덕분인지 그 모든 과정들이 부드럽게 보인다.

고작 5초를 유지하는 게 한계였지만, 페르노크는 라미

라 울프의 사냥법을 확실히 파악했고, 아주 미세한 틈을 발견했다.

'목덜미에 상처?'

라미라 울프를 포획할 정도로 강한 구속구의 자국이 목덜미에 남겨져 있었다.

털로 가려 놓아 시야엔 잡히지 않았지만, 관찰안은 피가 조금씩 흘러나오는 그곳을 정확히 포착했다.

"잘하면 이딴 고물로도 가죽을 뚫겠어."

"어떻게 하면 되겠나!"

"내가 신호하면 옆에서 찌르고 들어와. 한 치의 오차도 없어야 해."

"알았네!"

야크가 검을 두 손으로 꽉 쥐었고, 페르노크는 양손에 각기 다른 검을 잡았다.

체력이 어느 정도 오른 덕분에 쌍검을 사용해도 문제없었다.

"크아악!"

사내의 비명 소리가 울려 퍼지고, 그룹이 와해된 순간.

페르노크가 라미라 울프의 정면으로 달려들었다.

다른 사람들을 유린하던 라미라 울프가 페르노크에게 고개를 돌렸다.

비실거리던 인간이라 신경도 쓰지 않았건만, 무기를 올린 모습에서 묘한 위압감을 느꼈다.

"크아앙!"

한순간 사냥감에게 멈칫했다는 사실에 자존심 상한 듯 라미라 울프가 크게 울부짖으며 마주 달려 나갔다.

페르노크가 우수 검을 수직으로 내리치자마자 라미라 울프가 앞발을 휘둘러 응수했다.

까앙!

검날이 유리처럼 부서지고, 검편들이 라미라 울프의 시야를 가득 채운 순간, 페르노크의 좌수가 빠르게 움직였다.

좌수의 검에 부딪힌 검편들이 소나기처럼 라미라 울프의 얼굴을 두드렸고, 라미라 울프가 눈을 감고 고개를 틀었다.

'눈을 급소라고 생각하는 건가.'

몇 초 되지 않는 짧은 시간이었으나, 상대의 역량을 파악하기 충분하다.

'정작 녀석도 목덜미의 상처를 인식하지 못하고 있어.'

라미라 울프는 구속구가 사라진 해방감에 미쳐 날뛸 뿐인 지금.

본인조차 모르는 미세한 틈을 한 치의 오차도 없이 정확하게 꿰뚫어야 한다.

후웅!

페르노크의 눈앞으로 날카로운 발톱이 스쳐 지나갔다.

틈을 주지 않겠다고 말하는 듯 라미라 울프가 흉포하게

달려들었다.

하지만 발톱과 송곳니는 모두 허공을 맴돌 뿐이었다.

페르노크는 마르손과 라미라 울프의 전투를 주의 깊게 살폈다.

라미라 울프가 어떤 발을 꿈틀거릴 때 어느 방향으로 발톱이 날아오는지.

그 특이한 버릇을 사전에 예측해서 종이 한 장 차이로 피하는 신기를 선보였다.

놀란 관중들이 입을 벌린 채 목소리도 멈출 무렵, 페르노크가 씨익 웃었다.

고작 이 정도뿐이냐는 명백한 조롱이 담겨 있었다.

"크아아아앙!"

도발당한 라미라 울프가 거리를 확 좁힌 순간.

"으아아아아아!"

야크가 비명에 가까운 기합으로 라미라 울프의 옆구리를 찔러 왔다.

미약한 통증만으론 라미라 울프를 막을 수 없었다. 그럼에도 야크는 계속 힘으로 밀어붙여 나갔다.

가죽을 못 뚫어도 상관없으니 라미라 울프를 귀찮게 하라는 페르노크의 지시가 있었기 때문이다.

"카아아앙!"

결국, 라미라 울프가 고개를 틀었다.

상대는 노인이었고, 가죽조차 뚫지 못하는 날파리 같은

존재였다.

가볍게 훑는 것만으로도 죽으리라 판단했다.

하지만 그 찰나야말로 라미라 울프의 패착이었다.

"사족보행이라 아쉽겠군."

섬뜩한 목소리가 라미라 울프의 목덜미를 훑었다.

"균형을 맞추려면 목도 함께 움직여야 하잖아."

라미라 울프의 시야가 일그러지고, 목덜미 왼쪽 아래에 검이 박힌 녀석은 야크 앞에 거체를 뉘었다.

"크르릉······!"

쓰러졌지만 아직도 발을 움직인다.

목덜미의 급소가 척추의 신경과 연결되어 있을 텐데도 발버둥 치는 걸 보아하니 생명력 하난 질기다.

페르노크가 마무리를 지으려 떨어진 무기를 줍다가 표정을 굳히곤 야크의 목덜미를 잡아 뒤로 물러났다.

"켁켁! 왜, 왜······!?"

"독이다."

그 말에 주위를 둘러본 야크의 얼굴이 딱딱하게 굳었다.

분명 마르손의 비명만 들렸을 뿐인데, 다들 쓰러져 있었다.

모두 얼굴에 보랏빛 혈선을 그리고 있는 것을 보아, 비명조차 못 지르는 극독이다.

"라미라 울프의 정보를 안다더니, 순 허풍이었군."

마르손이 라미라 울프에 대한 제대로 된 정보를 알고

있었다면 사내들은 운 좋게 목숨을 부지했을지 모른다.

"이놈의 발톱과 피에 독이 있어. 어느 정도 피가 빠지면 천으로 입을 가리고 마무리해."

한숨 돌린 야크가 옷자락을 찢어 코와 입을 가렸다. 그리고 라미라 울프의 피가 차갑게 식었을 무렵, 미약하게 경련하는 그 몸을 거칠게 찌르고 갈랐다.

"헉, 헉!"

라미라 울프의 바동거림이 뚝 끊기자, 그제야 긴장이 풀린 야크가 주저앉았고, 사방에서 영혼이 치솟았다.

페르노크는 영력만 추출해 흡수했다.

'저번보다 양이 많아. 라미라 울프 덕분인가.'

사람의 영력은 그대론데, 레드 자카보다 라미라 울프의 영력이 더 많다.

'개체의 강함에 따라 영력의 질이 달라진다.'

가설이 증명됐단 사실에 기쁜 것도 잠시, 생각보다 동화율이 오르지 않자 미간을 찌푸렸다.

'동화율이 오를수록 요구되는 영력이 많아진다.'

잔챙이들을 계속 사냥해 봐야 원하는 수준에 도달하지 못한다.

큼지막한 먹잇감들이 필요했다.

'VIP들이 본다고 했었나.'

좋은 생각이 떠올랐다.

페르노크가 라미라 울프의 시체를 짓밟으며 외쳤다.

"이 수준 낮은 새끼들아! 이빨 빠진 무기나 쥐여 주면서 아등바등 살아남는 모습을 보는 게 즐겁냐!"

관중석이 찬물을 끼얹은 듯 조용해졌다.

"이딴 고물 말고! 제대로 된 무기를 줘 봐!"

페르노크가 관중들에게 씨익 웃었다.

"내가 화끈하게 놀아 줄게!"

*　*　*

"와아아아아아아―!"

관중들의 열기가 후끈 달아올랐다. 토벌전에서 한 번도 보지 못했던 분위기였기에 관리자도 흥미가 동했다.

"저놈, 마을에서 주워 왔다고?"

"예. 도둑들은 따로 탈이 없을 거라고 했습니다."

"싸움이 익숙해 보이는군. 용병이었나? 아님, 자경단?"

"따로 조사해 봤지만, 특이사항은 없습니다."

"일반인이, 그것도 가슴에 상처까지 입고 레드 자카와 라미라 울프를 죽였다고?"

"잔머리가 비상한 놈 같습니다."

"죽으라고 떠민 전장에서 가죽도 못 뚫을 무기를 쥐여 줬다. 그런데 저놈은 어떻게 목덜미를 콱 물어 버린 거지? 저게 가능하다고 봐?"

보고자가 식은땀을 흘리며 고개를 숙였다.

"죄송합니다. 바로 처분하겠습니다."

페르노크가 살아남았다는 사실에 관리자가 화를 내는 거라고 생각했다.

하지만 반대였다.

"됐어."

"예?"

"VIP들이 저놈에게 흥미가 생겼다."

"……!"

"싸움이 예사롭지 않다고 하더군. 날 좋은 무기를 쥐여 주고, 더 강한 몬스터와 죽을 때까지 싸우게 하라는데……."

관리자가 페르노크를 물끄러미 지켜보았다.

"……아까워."

몬스터를 때려죽이는 솜씨와 관중들을 달아오르게 하는 쇼맨십.

단순한 일회성 상품으로 토벌전에 박아 두기엔 아쉬운 인재다.

"데스 매치 자리, 비었지?"

"예. 두 자리 남았습니다."

관리자가 웃었다.

"올려 보내."

2장. **데스매치**

데스매치

페르노크가 생환한 그날.

간수는 평소와 달리 굳은 표정으로 찾아왔다.

"페르노크, 나와."

양옆에 못 보던 간수 2명이 붙어 있었다.

'관중석을 달아오르게 한 보람이 생겼군.'

페르노크가 아무것도 모르는 척 간수를 떠봤다.

"벌써 토벌전이야? 이젠 2명이서 몬스터를 잡으라고?"

"오늘부터 넌 데스 매치로 간다."

"그게 무슨……."

"긴말할 시간 없어. 당장 나와."

간수가 감옥 문을 열었지만 페르노크는 꿈쩍도 안 했다.

"영감은?"

"너 혼자 간다."

"그건 곤란해. 보다시피 내 몸이 안 좋아서 수발들 사람이 필요하거든."

간수가 미간을 찌푸렸다.

"지금 이게 부탁으로 들리나?"

"거래 아니었어? 내가 몸소 움직여 주는 만큼 그쪽도 내 편의는 봐줘야지."

"하아."

간수가 무언가를 허락받으려는 듯 다른 간수들을 쳐다보았다.

간수들이 고개를 끄덕이자, 그가 철봉을 빼 들며 감옥 안으로 들어왔다.

"몇 번 살아남았다고 네가 뭐라도 되는 것 같아?"

페르노크가 어깨를 으쓱하자 간수가 흥분했다.

"이런 가축 새끼가······!"

간수가 철봉을 높게 들어 올린 순간.

페르노크가 발등을 호미처럼 만들어 간수의 무릎 안쪽을 걸어 버렸다.

간수의 중심이 무너진 순간, 뒤통수를 양팔로 끌어당기며 체중을 실은 무릎으로 안면을 찍어 버렸다.

퍼억!

간수의 고개가 뒤로 젖혀졌고, 강렬한 충격에 부러진

앞니가 허공을 날아 감옥 밖에 떨어졌다.

쿵!

페르노크가 철봉을 쥔 채 피범벅이 된 간수의 등을 짓밟았다.

"이, 이봐……!"

야크가 새하얗게 질린 표정으로 당황했다.

뒤늦게 정신을 차린 두 간수가 감옥 안으로 뛰어들려 했지만.

"내 요구 조건은 하나야. 영감도 데려가."

페르노크가 제압한 간수의 머리를 철봉으로 내리치려 하자, 움찔하며 그 자리에서 멈출 수밖에 없었다.

"이 외의 타협은 없어."

간수 뒤통수에 철봉을 올린 채 빙그르르 돌리는 페르노크.

발만 동동 굴리던 두 간수가 결국 책임자를 데려왔다.

뾰족모자를 깊게 눌러쓴 간수장이 그늘진 눈으로 페르노크를 노려보았다.

"듣던 것보다 배짱이 좋구나."

"시답잖은 소린 집어치우고, 영감과 나를 함께 다른 경기장에 데려갈지 말지 정해."

"데스 매치는 선수만 참여한다."

"영감은 대기실에 놔두면 되잖아."

"준비한 식사는 총 40인분이다."

"15호실에서 5명이 죽었어. 그만큼 식량이 여유로울 텐데, 간단한 산수도 안 되나?"

간수장의 눈동자가 싸늘해졌다.

"주제 파악이 덜 됐군."

"납치당하고 이 정도면 친절하지. 내 협조를 원하면 너희도 양보해."

"페르노크……."

"대신, 재밌게 놀아 줄게."

페르노크가 씨익 웃었다.

절대 자신을 어떻게 하지 못할 거라는 자신감이 담겨 있었다.

간수장의 눈썹이 꿈틀거렸다.

'영악한 놈.'

자기 가치를 잘 안다.

이런 부류는 원하는 대가를 지불하기 전까지 꼼짝도 안 한다. 목에 칼이 들어와도 자존심을 우선시하니까.

'이런 까다로운 놈을 어떻게 잡아 온 거지?'

분명 납치한 건 이쪽인데, 쇼를 위해서 달래야 하는 묘한 상황으로 흘러간다.

멀쩡하게 데스 매치로 데려오라는 관리자의 당부를 떠올리며 간수장이 짧게 혀를 찼다.

"좋다. 요구 조건을 들어주지. 단, 네가 죽으면 야크도 죽는다."

"어차피 이곳에 있어도 죽어."

"부디 그 담력이 데스 매치에서 통하길 바란다."

페르노크가 피식 웃으며 몸을 일으키자, 피범벅이 된 간수가 감옥 밖으로 뛰쳐나왔다.

"가, 간수장님……."

서걱!

앓는 소리가 시작되기 전에 간수의 목이 잘렸다.

피 분수가 솟구쳐 15호실에 지독한 향을 피웠다.

간수장이 어느새 뽑아 든 검을 다시 집어넣었다. 그리고 무심한 시선으로 페르노크를 응시했다.

"어느 누가 되었건 이곳은 쓸모없는 자를 용납하지 않는다."

데스 매치에서 기대한 만큼의 성과를 못 낸다면 반드시 죽이겠다는 경고였다.

"끌고 가."

"예, 옙!"

바짝 긴장한 두 간수가 감옥 안에서 페르노크를 끌고 나왔다.

페르노크가 얌전히 두 팔을 내밀며 바닥에 흥건한 피를 힐끗 보았다.

'방금, 뭔가가 반짝였어.'

얇은 검 한 자루로 간수의 목을 벤 솜씨가 깔끔하다.

하지만 팔을 휘두를 때 함께 흘러나온 빛나는 선.

관찰안에 순간 포착된 그것이 흥미로웠다.

'저 영혼을 감도는 푸른빛 때문인가.'

간수장의 영혼은 평범한 색이다. 하지만 일반적인 사람에게 없는 푸른 선이 영혼을 타고 흐른다.

"한눈팔지 말고 빨리 걸어!"

간수장의 강함을 눈에 새긴 페르노크가 야크와 15호실을 떠났다.

* * *

40개나 되는 좁은 감옥 중 한 곳으로 페르노크와 야크가 들어갔다.

"바로 준비해!"

페르노크가 한숨 돌리기도 전에 간수가 호출했다.

야크가 결연한 표정을 지었다.

"나는 이미 각오했네."

"내가 죽기라도 할 것 같아?"

"아니, 괜히 나 때문에 무모한 짓 하지 말라는 말일세."

"쓸데없는 걱정 말고 남은 글자 가르칠 준비나 해."

페르노크가 여느 때처럼 웃어 보이곤 간수를 따라 넓은 경기장에 들어섰다.

관중석 없이 높게 치솟은 벽 위에 불투명한 막이 씌워져 있었다.

'데스 매치는 개인전으로 향하는 발판이라고 했던가.'

이곳에서 살아남는 한 명은 VIP들의 선택을 받아 개인전 토너먼트에 참가한다.

그때부터 비참한 가축 신분에서 벗어나 한 명의 선수가 된다.

기름진 고기를 원하는 만큼 먹을 수 있고 필요한 무기도 지원받는다.

무엇보다 인격적인 대우가 달라진다고 하니, 이곳에 끌려온 사람들은 모두 선수가 되길 희망하고 있다.

'저 막 너머에 날 초대한 VIP가 있겠군.'

데스 매치는 VIP들의 내기를 위한 전사 선발 의식이다.

여기서 살아남은 자들이 개인전에 올라간다.

강자들이 모인 개인전의 영력은 어느 정도인지 생각만 해도 군침이 돌았다.

지지부진한 동화율을 끌어올리기 위해선 이곳을 반드시 통과해야 한다.

"원하는 무기를 가져가라."

데스 매치 진행자가 철문 안쪽의 무기 장식대를 가리켰다.

토벌전과는 비교도 안 될 정도의 날 선 무기가 가득했다.

페르노크는 중검을 뽑아 들었는데, 별다른 이유는 없었다.

지금 몸 상태에서 그나마 길게 휘두를 만한 무기가 중검뿐이었다.

"이곳의 규칙은 하나다."

진행자가 메마른 눈으로 페르노크를 응시했다.

"마지막까지 살아남아라."

페르노크가 안에 들어서자 철문이 닫혔다.

경기장에 성별과 연령대가 다양한 39명의 선수가 있었다.

서로를 탐색하는 시선에서 불안감이 느껴지지만, 어느 누구도 먼저 손을 쓰지 않는다.

모두 힘든 과정을 거쳐 여기까지 왔다는 건, 겉모습만으로 판단하기 어려운 자격을 갖췄다는 뜻이다.

페르노크는 방심할 수 없는 군상들을 주의 깊게 살펴봤다.

그중 한 명이 시선을 사로잡았다.

'저건……'

혼에 푸른빛을 머금은 사내였다.

'간수장의 푸른 선과 비슷하지만, 그보다 색이 옅고 형태가 불분명해.'

어떤 노인이 당황한 표정으로 그 사내를 가리켰다.

"에, 에릭!"

에릭이 단단한 쇠몽둥이를 어깨에 걸치며 노인을 돌아보았다.

"어디서 만난 적 있던가?"

"당신이 몬스터 사냥하는 모습을 운 좋게 봤소."

"나랑 동선이 겹쳤다면…… 아! 1호실이겠군."

"그, 그렇소."

"1호실에 암살자 한 명 살아남았다고 들었는데, 그게 당신이야?"

노인이 마른침만 꼴깍 삼켰으나, 에릭은 시큰둥한 표정으로 하품만 내쉬었다.

"뭐, 잘 살아 봐."

"빌어먹을!"

노인이 VIP석을 향해 외쳤다.

"마법사가 있다고 얘기한 적 없잖아!"

그 말에 모두가 웅성거렸다.

마법.

선천적으로 타고난 재능의 결정체.

마법사는 1~7레벨로 구분하고, 마법을 넘어 하나의 법칙을 구현한 자들을 '마도사'라 칭한다.

마도사의 등급은 S1, S2, S3, X라고 표기되며 그 자체로 나라를 지탱하는 기둥이다.

'그럼 간수장이나 저 혼에 깃든 푸른빛은 마력이란 건가.'

에릭의 레벨을 확인하기엔 마법에 대한 지식이 전무하다.

하지만 저 푸른 선이 마력을 의미하는 것이라면, 단언컨대 에릭은 간수장보다 뒤떨어진다.

크게 위협적인 요소처럼 보이지 않았다.

"경기를 시작한다!"

VIP석에서 웅장한 목소리가 울려 퍼지기 무섭게 에릭이 손바닥을 앞으로 펼쳤다.

무기 하나 없었지만 모두들 근처로 다가갈 생각조차 못했다.

"병신들아."

에릭의 손바닥에서 사람 몸통만 한 불구슬이 생성되었다.

"거리를 둔다고 뭐가 달라져?"

에릭이 손을 털자 불구슬이 사방으로 퍼져 나갔다.

헛바람을 들이켜던 다섯이 한순간에 익어 버렸다.

"끄어억!"

콰득!

고통을 호소하는 머리를 쇠몽둥이로 내리찍으며 에릭이 씨익 웃었다.

이곳은 데스 매치.

서로가 죽고 죽여야 한다.

하지만 에릭의 독보적인 존재감이 모두를 압도했다.

"어차피 뒈질 거 편하게 가자. 어!?"

상대가 가까이 다가오건 도망치건, 불구슬은 인접한 사람들부터 차례대로 태워 나갔다.

사방이 가로막혀 있어서 도망치는 것조차 불가능했다.

차례대로 피어오르는 열기에 출구 없는 경기장은 찜통처럼 달궈졌다.

"마법사부터 죽여!"

호기롭게 외치며 달려든 사내가 금세 화염에 휩싸였다.

에릭은 몇 명이 달려들건 신경 쓰지 않았다.

남은 인원들이 모두 연합해서 달려들어도 웃으며 쇠몽둥이를 휘둘렀다.

페르노크는 불길 속에 뛰어든 나방 같은 그들의 모습을 주의 깊게 살폈다.

마력이 형태를 띠고 색을 칠하여 날아간다.

빈 허공에 기름 없이 완성되는 불.

상식으로 설명할 수 없는 특별한 힘.

'가능할까.'

페르노크는 명계에서 영력을 다루며 독창적인 힘을 완성시켰다.

영법.

오직 페르노크만이 사용할 수 있는 전지전능한 힘.

이 안에는 명계의 절대자들을 굴복시킨 권능이 담겨 있다.

상대의 혼을 관찰하여 그 잠재력과 움직임을 예지하는 영혼구별.

혼에 직접적인 타격을 가하여 격을 하락시키는 영격술.

그러나 절대자들이 가장 껄끄러워하는 권능은 따로 있었다.

영법 - 천명.

모든 생명은 그 혼에 특별한 이름이 깃들어 있다.

페르노크는 그것을 '재능'이라 칭하였고, 대상의 영력을 흡수함으로써 자신의 것으로 만들어 버린다.

즉, 천명이란.

상대의 혼에 깃든 재능을 갈취하는 것이다.

특별한 체질이나 혈족 계승처럼 세대를 거슬러 '육신'에만 유전되거나, 후천적인 노력으로 완성된 기술은 천명에 해당되지 않는다.

반드시 '영혼'에 각인된 채 태어나야 한다.

'천명이 명계에서만 발휘되진 않겠지. 관찰안도 미약하나마 사용할 수 있으니까.'

명계에선 압도적인 영력으로 상대를 찍어 눌러 그 영혼의 재능을 지배했었다.

'어차피 흡수되는 방식은 똑같아. 해 볼 만한 가치는 있어.'

죽여서 갈취한다.

실패해도 영력을 흡수할 수 있으니 손해가 없다.

"하하하하하! 죽기 전에 발악이라도 해 봐라, 버러지들아!"

폭군처럼 밀고 들어오는 에릭에게 페르노크가 중검을 겨눴다.

에릭에게 죽은 자들의 영력을 흡수한 덕분에 몸 상태는 점점 좋아지고 있다.

동화율 - 6%

동화율이 상승하자 가느다란 영력 한 줄기를 더 끌어 쓸 수 있게 되었다.

관찰안은 상대의 호흡이 근육에 스며드는 흐름까지 파악할 정도로 성장했다.

저 정도 속도의 마법은 사전에 예측해서 충분히 흘려보내리라.

"후우우."

페르노크가 근육을 긴장, 이완시켰다.

혈류가 빠르게 몸속을 누비지만 가슴이 쓰라린 느낌은 없다.

아타카는 인간의 육체로 상대할 수 없는 괴물을 죽이기 위해 탄생한 초월의 비법.

현재로선 단 한 번의 폭발적인 가속만을 사용할 수 있지만, 그것만으로도 충분하다.

자기 힘만 믿고 어설프게 나대는 애송이들은 오래전부터 손쉽게 사냥해 왔다.

페르노크의 허벅지가 팽창하고, 중검을 쥔 두 손등의 핏줄이 어깨까지 선명하게 이어졌다.

전신이 활에 걸린 시위처럼 팽팽해진 순간.

"크아악!"

누군가의 비명이 터짐과 동시에 페르노크가 땅을 박찼다.

페르노크가 장벽처럼 세워진 불길을 반으로 가르며 열기로 가득한 경기장을 질주했다.

* * *

에릭은 2레벨 마법사다.

원소 계열 중 파괴적인 불을 다루지만, 역량이 낮아 뭉쳐 쏘아 보내는 정도가 한계였다.

게다가 그는 하나에 몰두하면 시야가 좁아지는 고질적인 문제를 가지고 있다.

데스매치에 참가하기 전부터 지목되어 왔던 약점을 에릭 본인도 알고 있다.

암습에 취약한 문제를 개선하고자 골몰한 끝에 불을 동시에 2개나 만들어 내는 기염을 토했다.

하나는 공격에 사용하고, 다른 하나는 시야가 미치지 않는 곳에 감춰 두기 위함이었다.

화륵!

피나는 노력 끝에 완성한 방어형 불씨가 신호를 보냈다.

'등 뒤?'

에릭이 정신을 차리기 무섭게 뒤도 돌아보지 않고 철봉을 휘둘렀다.

까앙!

뒤늦게 돌아본 곳에 소년이 중검을 내리찍고 있었다.

'언제 온 거지?'

사람들을 몰아친다고 생각했던 찰나에 들어온 후방 기습이었다.

'기척을 감추고 있었나? 암살자?'

불씨가 신호를 보내지 않았다면 단번에 뒤통수가 갈라졌을 것이다.

예상치 못한 섬뜩함에 에릭이 소년을 떼어 놓으려 했다.

"······!?"

쇠몽둥이 끝에 바위가 매달린 듯했다.

비쩍 마른 몸에서 숙련된 검사의 묵직함이 느껴졌다.

까득!

당황은 한 번으로 족하다.

에릭이 이를 악물고 반대편 손에 불을 둘러 소년에게 휘둘렀다.

후웅!

에릭의 손이 허공을 쓸었다.

소년이 쇠몽둥이를 물처럼 타고 흘러내려 에릭 발밑에 자세를 잡았다.

보면서도 믿어지지 않는 신기였다.

그러나 감상에 젖을 틈은 없었다.

소년에게 팔을 휘두르느라 열린 옆구리로 매서운 바람 소리가 스쳐 지나갔다.

"크윽!"

옆으로 굴러 피함과 동시에 에릭이 전면으로 불을 쏘아 보냈다.

소년, 페르노크는 할 일을 끝냈다는 듯 망설임 없이 뒤로 빠졌다.

"이 쥐새……!"

옆구리에서 치솟은 통증이 에릭의 말을 가로막았다.

에릭이 옆구리를 손바닥으로 쓸어 올리곤 딱딱하게 굳었다.

손바닥이 흥건할 정도로 진한 피가 흘러나오고 있었다.

"마법사가 상처 입었다! 놈은 혼자야! 지금 쳐야 한다!"

페르노크가 선동하자 남은 인원들이 에릭의 상처를 노려보았다.

공기가 바뀌었다.

방금 전까지 화염구에 겁을 집어먹던 사람들이 몬스터를 사냥하는 것처럼 전술적인 움직임을 취하기 시작했다.

에릭이 옷자락으로 옆구리를 꽉 동여매며 소리쳤다.

"내가 이런 뻔한 상황을 한두 번 겪는 줄 알아!?"

에릭이 쇠뭉둥이를 집어 화염구를 내리찍었다.

화염구가 수십 개의 작은 구슬로 변해 빗물처럼 떨어져 내렸다.

"으아아악!"

"계속 들어가!"

비명과 고함이 난무했다.

물 한 바가지조차 없는 이곳에서 바닥에 몸을 비빈다 한들 달라붙은 불을 끄기란 어려운 일이다.

하물며 마력으로 생성된 화염구는 일반적인 화염보다 몇 배 이상 지독하다.

화르륵!

포위망이 삽시간에 화마로 뒤덮였다. 경기장 안의 열기가 사람들의 의지마저 짓눌러 버린 듯했다.

'놈은 어디지?'

주위를 두리번거리던 에릭이 연기 속의 페르노크를 찾아내곤 눈을 부릅떴다.

페르노크가 시체를 방패처럼 들어 올려 화염구를 막았기 때문이다.

보통의 담력으론 생각조차 못 할 일이다.

페르노크의 태연한 표정을 마주하자 등골이 오싹해졌다.

"이런 미친 새끼!"

에릭이 발악하듯 화염구를 쏟아 보냈다. 하지만 처음보단 화염구 생성 속도가 느려졌다.

피가 흘러나올수록 집중력이 흐트러지고 마력도 서서

히 바닥을 드러낸 것이다.

카앙!

페르노크가 던진 단검이 빈자리를 두드렸다.

에릭이 반사적으로 몸을 빼내지 않았다면 심장에 꽂혔을지도 모른다.

"딕분에 둘만 남았군."

페르노크가 느긋하게 시체의 무기를 주워들었다.

무방비한 상태임에도 에릭은 더 이상 화염구를 만들지 못했다.

"헉, 헉."

숨이 턱까지 차오르고 식은땀이 흘러내렸다.

당장 치료받지 않으면 위험할 정도의 상처를 입은 상태로 페르노크가 던지는 무기를 피해 대니, 상처는 더 심하게 벌어졌다.

마력 회로가 꼬여 버리고 몸은 탈진한 것처럼 축 늘어졌다.

어느새 피는 옷을 빨갛게 적시고 바닥까지 흘러넘칠 정도였다.

안색이 새하얗게 질릴 때, 에릭은 깨달았다.

'이 애새끼는 처음부터 내게 상처만 입힐 생각이었어.'

페르노크는 처음부터 정면에서 싸울 생각이 없었다.

낯선 힘과 줄다리기하는 모험 수를 둬 봐야 이쪽만 손해다.

혼자 악역을 자처하는 상대가 원하도록 판을 짜면 그만이다.

하여 페르노크는 에릭에게 눈에 띄는 상처를 입히고 사람들을 선동했다.

'다른 놈들에게 내 마력을 모두 쏟아붓도록 유도한 거야.'

페르노크는 철저히 에릭을 소모시켰다.

언제 힘이 다할지 계산하며 원거리에서 작은 무기를 투척했다.

에릭이 피할 때마다 상처가 벌어지고 마력이 함께 소모되었다.

사냥꾼이 사냥감을 가지고 놀 듯 철저히 유린했다.

"이, 이 빌어먹을 애새끼가!"

지독함을 넘어 악랄하기까지 하다.

독한 방식만 고르는 페르노크에게서 경험 많은 노장의 모습이 겹쳐 보인다.

에릭은 결국 변변찮은 저항도 못 하고 무릎을 꿇었다.

더 이상 저항할 힘이 남아 있는 것처럼 보이지 않았다.

페르노크가 중검을 쥐고 달려갔다.

에릭이 고개를 푹 숙인 순간 페르노크가 중검을 높게 치켜들었고.

화륵!

별안간 두 사람 사이에서 생성된 화염이 천장으로 꺼졌다.

고개를 들어 올린 에릭이 거리 둔 페르노크를 발견하곤 절망적인 표정을 지었다.

사냥감을 다 잡았다고 생각한 사냥꾼을 낚기 위해 마지막까지 남겨 둔 회심의 마력이었다.

하지만 페르노크는 그것마저 예상하고 있었다는 듯 노련하게 피했다.

"생각 없이 마법을 남발하니 시야가 좁지."

"으아아아아아!"

치부와도 같은 말이 절체절명의 순간에 들리자 에릭은 이성이 끊겼다.

더 이상 마력이 없는 에릭이 벌떡 일어나 쇠몽둥이를 미친놈처럼 휘둘렀다.

어떤 형식도 없는 발악이었다.

"덤벼!"

상처 입은 채 독이 바짝 오른 사냥감이 자멸할 준비를 끝마친 것을 보며 페르노크가 코웃음 쳤다.

무자비한 학살자가 원하는 정면 대결을 해 줄 이유가 없었다.

"덤비라고, 이 새끼야!"

에릭이 한 발을 내딛기 무섭게 휘청거리다 무너졌다.

피가 쫙 빠져 어지러운 듯 고개를 털기 시작했다.

"덤벼, 덤…… 헉…… 쓰읍…… 흡…….."

쿵!

마침내 거구가 앞으로 쓰러졌다.

더 이상 마력도 근력도 남아 있지 않다.

페르노크가 그 뒷목에 검을 올렸다.

"난 너처럼 다 드러내 놓고 싸우는 놈들이 좋아. 단순해서 유도하기 쉽거든."

"비, 비겁한……."

"다들 그러더라. 지고 나서 추하게."

페르노크가 그대로 검을 내리꽂았다.

목뼈가 부러지는 소리와 함께 에릭이 축 늘어졌고, 동시에 영력이 피어올랐다.

마법사의 혼은 일반들보다 더욱 밀도 높은 영력을 자랑했다.

'질과 양이 비교가 안 돼.'

페르노크가 탐스러운 영력을 바로 흡수했다.

동화율 6.3%

에릭 한 명이 데스매치 인원 전부를 합친 것만큼 동화율 수치를 올렸다.

그뿐만이 아니었다. 페르노크가 예상한 천명이 발동했다.

[불구슬 Lv.2]

마력으로 피워 올린 불을 구슬의 형태로 만든다.

천명은 마법을 영혼에 각인된 재능이라고 판단했다.
가설이 들어맞았지만 페르노크의 표정은 미묘했다.

사용 횟수 1/1

명계에선 보지 못한 설명이 추가되었다.
'일회용?'
절대자들의 재능을 무한하게 사용했던 페르노크로선
황당했다.
'왜지?'
명계에 없는 제약이 하계에 존재하는 이유.
'마법이 혈족 계승이나 체질처럼 시대를 거슬러 유전되
는 것이라면, 재능을 흡수하는 자체가 불가능하다.'
근본적인 문제를 궁리하던 페르노크가 이윽고 해답에
다다랐다.
'형태인가.'
영혼은 형태가 없다. 망자들은 다양한 모습으로 변화할
수 있다.
페르노크도 다른 절대자들의 재능을 흡수해서 그에 걸
맞은 형태로 다듬었다.
하지만 이곳은 이미 정해진 육신이 있다.

그것에 어울리지 않는 힘을 강제로 흡수해서 제약 없이 사용한다면 육신이 부서질지도 모른다.

천명은 육신이 부담되지 않는 선에서 재능이 발휘되도록 제약을 걸어 경고한 것이다.

'동화율을 올려 내 영력을 가져온다면 이 육신의 과부하도 해결된다.'

페르노크는 해답을 찾아냈지만, 굳이 마법에 목매고 싶진 않았다.

'마법을 마음껏 사용할 수 있겠지만 그때쯤이면 내 혼의 영력을 무한하게 끌어 쓴다. 굳이 마법에 의존할 필요가 있나.'

한 번 쓰고 사라질 마법이라면 차라리 비수처럼 활용해도 나쁘지 않으리라.

'게다가 이 마법은 흡수한 자의 수준을 따라간다. 2레벨 마법사의 마법은 2레벨, 3레벨 마법사의 마법은 3레벨, 여기서 성장할 기미가 안 보인다. 현상 유지하는 마법이지만 전술적인 가치가 있군.'

마법은 보통 한 사람에 하나뿐이다.

간혹 예외적인 존재가 있지만, 페르노크는 일회용일지라도 수많은 마법을 담을 수 있다.

하나씩 꺼내 쓴다면 상대를 혼란에 빠트릴 수 있다.

영력을 자유자재로 다룰 때까지 마법은 화살처럼 소모품으로 사용하면 그만이다.

'그런데……'

페르노크가 마법보다 놀란 부분은 천명에 흡수된 다른 것에 있다.

'이건 사라지지 않는군.'

마법을 타고난 자들만이 사용한다는 마력.

불구슬과 함께 넘어온 마력이 페르노크 영혼에 씨앗처럼 심어졌다.

마력은 놀랍게도 아타카의 호흡에 맞춰 움직였다.

굳이 마법으로 발현하지 않아도 따로 뽑아 쓸 수 있을 정도였다.

페르노크는 영력처럼 살아 움직이는 마력을 흥미롭게 지켜보았다.

"승자, 페르노크!"

진행자의 말은 귓가에 들리지도 않았다.

마력을 관조하는 페르노크의 입가에 묘한 미소가 감돌았다.

* * *

데스매치가 끝났지만 별다른 조치가 떨어지지 않았다.

오히려 감옥 안에 고기를 넣어 주는 등 대우가 훨씬 좋아졌다.

페르노크는 아무런 걱정 없이 새로 얻은 힘을 연구했다.

'마력은 영력처럼 활용성이 좋다. 어디에든 융화되면서 다양한 형태로 변화한다. 그러나 영력은 소모한 값을 망자에게 흡수하는 방식으로 채우는 반면. 마력은 아타카의 호흡을 따라 자연스럽게 회복된다.'

마력은 아타카와 찰떡궁합이었다.

아타카도 한계를 초월하면 인간의 신비로운 힘을 끌어내는데, 마력은 이 과정을 가속화시킨다.

'마력을 마법의 자원이 아닌, 그 자체로 단단하거나 날카롭게 결정화시키면 어떨까.'

아타카의 호흡을 사용하니 씨앗처럼 내려진 마력이 육신을 확보한다.

신경 줄기처럼 가느다란 형태로 전신을 한 바퀴 돌 때까지 3시간 정도 소모되었다.

그리고 긴 시간을 투자한 만큼 육신의 활력이 이전보다 더욱 활성화되었다.

뿐만 아니라 마력은 영양소처럼 근육에 스며들어 단단하게 만들었다.

돌고 남은 마력을 몸 밖으로 뽑아내려 하니 놀라운 일이 펼쳐졌다.

'몸에 코팅된다?'

피부 위에 마력이 얇은 장막처럼 덧씌워졌다.

아타카를 사용해 근육을 긴장시키자 피부의 마력도 덩달아 촘촘해졌다.

쿵! 쿵!

페르노크가 그 상태로 벽을 두드리자, 주먹이 돌덩이처럼 묵직해졌다.

'육신을 무기화시킨다.'

심지어 마력은 형질을 따지지 않고, 다양한 마법의 원동력으로 활용된다.

여러 형태로 변환되는 마력이 상대의 마법에 맞춰 반발하는 속성까지 갖춘다면?

'고도로 발달된 육신은 그 자체로 명검이고 방패다.'

영법을 자유자재로 구사하기 위한 기초 틀이 마력 덕분에 훨씬 탄탄해졌다.

"저……."

페르노크가 눈을 뜨며 옆으로 고개를 돌렸다.

야크가 조심스럽게 물어 왔다.

"……지금 자네가 하는 거 나도 배울 수 있나?"

아타카는 후천적인 노력으로 완성되는 기술이다.

근육과 뼈를 혹사시켜 단단하게 만들고 숨겨진 육신의 힘을 초월적인 영역으로 끌어올려야 한다.

길게 살필 필요도 없었다. 야크의 골격으론 무리다.

"왜?"

"자네에게 도움이 되고 싶어."

"지금도 충분해."

"하지만……."

야크가 아쉬움에 미적거리자 페르노크는 단호하게 말했다.

"이 기술은 어릴 때부터 시작하는 거야. 늦은 나이에 배우려 한 사람들은 높은 확률로 몸이 터져 죽었어. 영감도 허무하게 죽고 싶어?"

"그, 그렇군."

"조급해하지 마. 오히려 저쪽이 안달 날 테니까."

야크가 어색하게 웃으며 고개를 끄덕일 때였다.

익숙한 발걸음 소리가 감옥 앞에 멈췄다.

뾰족모자를 깊게 눌러쓴 간수장이 페르노크를 내려다보았다.

"오랜만이군. 벌써 다음 경기가 잡혔나?"

"더 이상 데스매치는 없다."

페르노크는 자신이 그토록 기다리던 순간이 찾아왔음을 직감했다.

"페르노크."

간수장이 페르노크를 응시했다.

"나와라. VIP의 호출이다."

3장. **VIP**

VIP

페르노크는 간수장을 따라 긴 통로를 걸었다.

일정한 간격마다 큰 문이 있었고, 최소 2명의 간수들이 자리를 지키는 중이었다.

'단순한 감옥은 아니군. 다른 곳과 연결되는 통로도 보여.'

통로에서 통로로 이어지는 복잡한 구조를 계속 눈에 익혔다.

간수들을 죽인다 해도 이곳에서 나가려면 길을 훤히 꿰어야 할 듯싶었다.

이곳의 구조가 익숙해질 무렵 간수장이 고풍스러운 문 앞에 섰다.

"그분께서 허락하기 전까지 절대 고개를 들지 마라."

단호한 충고와 함께 문이 열렸다.

"와아아아아-!"

억눌린 소리가 발광하듯 튀어나왔고 페르노크는 빠르게 방을 훑었다.

경기장이 한눈에 내려다보이는 관람석이었다.

일반적인 관중석과 달리 고급스러운 가구들과 음식들이 놓여 있었다.

'VIP들의 특급 관람석이란 곳인가.'

페르노크가 구석진 곳으로 시선을 돌렸다.

흰머리를 올백으로 넘긴 연미복의 사내가 와인을 들고 걸어 나왔다.

"좋은 시간 보내십시오."

간수장이 사내에게 고개를 숙이곤 천천히 문을 닫았다.

사내는 페르노크의 시선을 태연하게 받으며 와인을 탁자에 올려놓았다.

"간수장이 당부하지 않던가."

그리고 자리에 앉아 페르노크를 바라보았다.

"내 허락 없이 움직이지 말라고."

느긋한 시선에서 뱀이 기어 다니는 것 같은 불쾌함이 전해졌다.

페르노크가 관찰안으로 사내를 살폈다.

'마법사였나.'

사내에게서 흘러나온 마력이 살타래처럼 페르노크를

옭아매었다.

간수장보다 월등히 높은 마력으로 그는 짧은 탐색을 끝마쳤다.

그리고 마력을 천천히 거두며 미소 지었다.

"그 배짱은 마법사 특유의 자존심인가?"

"마법?"

"시치미 떼도 소용없어. 네 안에 담긴 마력이 아주 잘 느껴지거든."

페르노크는 그 말속에 섞인 한 가지 오류를 파악했다.

'녀석은 마력만 눈치챘다. 내가 어떤 마법을 가졌는지 몰라.'

대상의 마력 유무만으로 마법사를 판단한다.

즉, 실제로 부딪치기 전까진 대상의 마법 종류를 모른다는 뜻이다.

이는 상대의 마법을 흡수해서 일회용으로 사용하는 페르노크에게 전술적 우위를 가져다주는 유익한 정보였다.

'내가 다양한 마법을 구사할수록 상대는 혼란을 느끼겠지. 특정하기 어려운 정보로 나보다 강한 상대에게 치명적인 비수를 박아 버릴 수 있다.'

사내가 제대로 헛다리를 짚었다.

기분 좋은 오해가 계속되도록 페르노크는 말없이 사내를 응시했다.

"에릭을 상대했을 때 분명 육체 강화 계열 쪽의 마법을 사용했었지. 에릭의 허를 찌를 정도였으니 2레벨은 되겠군."

아타카를 이용한 신체 능력 증폭이 마법처럼 보인 듯했다.

사내의 깊어진 오해를 마다할 페르노크가 아니었다.

"……그래서 날 부른 이유가 뭐지?"

페르노크가 쐐기를 박자 사내의 눈이 번뜩였다.

"네 마법을 내가 사겠다."

역시 예상한 대로, 사내는 페르노크를 개인전 선수로 기용할 생각이었다.

토벌전부터 일부러 눈에 띄는 활약을 한 보람이 있다.

'데스 매치 선수를 바로 개인전 선수로 올릴 정도라면 상당한 권한을 가지고 있겠군.'

그 권한과 혜택이 자신을 얼마만큼 강하게 만들어 줄지 페르노크가 가볍게 떠봤다.

"지금까지와 다를 바 없이 개처럼 구르란 말인가."

"난 이곳의 관리자이자 선수를 투입시킬 수 있는 VIP 기도 하다. 내 말만 잘 따르면 좋은 대우를 약속하지. 허무하게 죽는 일은 없을 거야."

"관리자? 네놈이 날 납치하도록 사주한 놈이냐!"

페르노크가 분노한 척 살기를 흘리자 관리자는 피식 웃었다.

"구분은 정확히 해야지. 우린 사람만 제공받아. 납치한 놈은 따로 있어. 이 점을 착각해서 애송이처럼 감정만 앞세우면 곤란해."

"사람 목숨으로 돈놀이하는 놈들 말을 믿느니 차라리
개가 되고 말지!"

"돈놀이라서 더 확실하지 않겠나. 애초에 네가 평범한
2레벨 마법사였다면 이런 제안도 없었을 거야. 하지만
넌 길가에 널린 흔한 놈들과 달라. 네 퍼포먼스는 관객들
을 자극시켜. 그건 돈이 돼."

페르노크가 노려보자 관리자는 웃음으로 답했다.

"상식적으로 생각해 봐. 내게 이득을 제공해 주는 사람
을 내가 뭣 하러 개처럼 부려 먹겠나. 난 상도의를 모르
는 무뢰한이 아니야. 그 일에 걸맞은 대가를 항상 지불하
는 사업가다. 우린 맺고 끊음이 확실해."

"요즘은 사육을 거래라고 하나?"

"하하하, 사육. 그렇게 보일 수도 있겠군. 맞아, 나와
거래해도 밖에 나가진 못해. 하지만 그게 뭐가 문제지?
밖에서는 얻지 못할 온갖 호사를 누리게 될 텐데?"

"……."

"단순하게 생각해. 넌 이곳에서 내 말을 들으며 훨씬
안락한 생활을 할 수 있어. 여자, 음식, 무구. 원하는 것
은 뭐든 제공받는다."

관리자가 빈자리를 가리켰다.

"에릭을 죽일 때 보여 준 넌 감정에 휩쓸리는 애송이가
아니지. 내 선택이 틀리지 않았으면 좋겠군."

대용품은 얼마든지 있다는 듯 은근한 협박을 담은 유혹

이었다.

'관리자 본인이 선수를 내보낸다라…… 그럼 좋은 녀석들을 선별해서 내게 배당될 확률이 높다.'

페르노크가 개인전에서도 활약을 이어 간다면 귀한 상품으로 대우해 줄 가능성이 높았다.

차근차근 연승을 쌓아 나가는 과정에서 얻을 영력과 마력 그리고 마법은 페르노크의 성장을 가속화시킬 것이다.

지금 당장은 관리자와 손잡는 것이 여러모로 이득이라고 결론이 내려졌다.

"……정말 내가 원하는 걸 채워 줄 수 있나?"

관리자가 씨익 웃었다.

"이곳에서 가능한 것은 모두 다 들어줄 생각이야. 물론, 혜택을 누릴 수 있는 건 네가 내 시나리오를 충실히 따라 줬을 때뿐이다."

페르노크가 입을 꾹 다물고 관리자 맞은편에 앉았다.

어려운 결정을 내렸다는 듯 무거운 표정을 지어 보이자 관리자가 기꺼워하며 와인을 유리잔에 따랐다.

그리고 붉은 알약을 와인과 함께 페르노크에게 건넸다.

"이건 독이다."

"……?"

"한 달에 한 번씩 내게 약을 받아먹어야만 살 수 있지."

"지금 협상을 하자는 거야 목줄을 채우자는 거야."

"너와 나의 신뢰를 다지기 위한 과정이라고 생각해. 난 계약서 같은 종이 쪼가리보다 이쪽을 더 신뢰하거든."

"쯧."

망설임 없이 알약과 와인을 삼키는 페르노크의 모습에
도리어 관리자가 살짝 놀란 듯했다.

"싫어하던 사람치곤 아주 제대로 받아들이는군."

"이제 와서 다른 선택지가 있나."

"하하하하, 그 배짱이 정말 마음에 들어."

관리자가 자리에서 일어나 페르노크에게 악수를 청했다.

"이제부터 넌 가축이 아닌 내 선수로 활동하게 될 거
다. 새로운 숙소와 지도 교관을 배정할 테니 모쪼록 기대
에 걸맞은 활약을 보여 주도록."

"그곳에 한 사람을 더 데려가겠어."

"아, 너와 함께 토벌전부터 살아남았다는 노인 말인
가?"

"수발들 사람이 필요해."

"그럼, 그놈에게 잔심부름을 시키면 되겠군. 간수장에
게 얘기해 두지."

페르노크가 관리자의 손을 맞잡았다.

"기장 선수가 된 것을 진심으로 환영한다, 페르노크!
하하하하하!"

호탕하게 웃는 모습을 속으로 비웃었다.

저 미소가 절망으로 얼룩질 날은 머지않아 다가올 것이
다.

* * *

페르노크는 밖에 나오자마자 주위를 살폈다.

인기척이 느껴지지 않는 것을 확인한 후 곧바로 눈을 감고 이다가를 활성화시키자, 내부 흐름이 손에 잡힐 듯 파악되었다.

목구멍에서 심장으로 향하는 혈류 쪽에 끈적거리는 무언가가 달라붙어 있었다.

'이게 독인가.'

문득, 재액군주가 떠올랐다.

그의 근원인 '역병'은 세상 모든 독을 다룬다.

숨을 내쉬는 것만으로도 극독을 내뿜는 재액군주는 세상 누구보다 남다른 의술을 자랑하기도 했다.

[독을 치료하는 가장 좋은 방법이 뭔지 아십니까?]

언젠가 무료함을 참지 못한 절망군주의 물음에 재액군주는 한심하다는 눈빛으로 답했다.

[뭐 하러 독을 품고 삽니까. 내뱉으면 그게 해독이지.]

독에 대한 내성?

해독제?

애초부터 잘못된 물음이다.

미약한 독마저 남지 않게 원인을 모조리 긁어 몸 밖으로 배출시키면 그만이다.

재액군주의 답은 명쾌했으나 하계에서 그 방식을 따라한 사람은 많지 않다고 했다.

대부분은 자기 몸속에 독이 어떤 방향을 따라, 어느 곳에 맺혀 흐르는지 모르니까.

하지만 페르노크에겐 아타카가 있다.

마력으로 한층 진화한 아타카는 내부 혈행을 빠르게 파악하여 조종한다.

블러디 포이즌.

피에 섞인 독을 밖으로 배출시키는 재액군주의 기술은 근원이 아닌, 후천적인 노력으로 습득할 수 있다.

아타카와 같은 혈류 조작 방식을 알아야 한다는 점과 즉사할 정도의 독이 아니어야 한다는 제약이 따른다.

하지만 지금의 페르노크라면 무리 없이 사용할 수 있다.

"후우우."

페르노크가 마음을 평온히 가라앉히며 마력과 아타카를 함께 섞었다.

혈류가 블러디 포이즌의 이론을 따라 충실히 요동쳤고, 신체에 퍼진 독을 티끌까지 긁어모아 손가락에 집중시켰다.

페르노크가 검지를 깨물자 탁한 빛을 띠는 피가 떨어져 내렸다.

역한 냄새를 풍기는 피가 더 이상 나오지 않을 즈음, 혈류는 독의 잔재 없이 원활하게 움직였다.

독이라는 구속 수단이 사라지니 남은 건 관리자가 제공하는 경기장이라는 이름의 훈련장뿐이다.

'간수장을 단칼에 베어 버릴 정도면 밖에서도 쉽게 죽진 않겠지.'

멀리서 다가오는 간수장에게 페르노크가 시선을 돌렸다.

간수장은 여느 때처럼 싸늘한 눈으로 페르노크를 훑었다.

"VIP께서 마음에 들어 하신 것 같군."

"대화가 꽤 잘 통했어."

"그 불손한 태도는 반드시 고쳐야 할 거야."

간수장이 한쪽 입꼬리를 말아 올렸다.

"해독제를 받아먹고 싶다면."

페르노크가 피식 웃었다.

"명심하지."

"한 달 동안 내가 너를 지도한다. 그 후 바로 경기에 투입될 테니 그리 알고 준비하도록."

* * *

새로운 방은 제법 넓었지만, 침대와 탁자가 전부였다.

지도 교관으로 배정된 간수장이 건조한 방만큼이나 딱딱한 목소리로 말했다.

"네가 경기에서 승리할 때마다, 이곳에 원하는 것들이 채워진다."

"내가 일부러 져야 하는 경우도 있지 않나?"

"명령을 정확히 수행했다면 마찬가지로 포상이 내려진다."

"꽤 형편이 좋군."

"그만큼 VIP께서 네게 기대를 걸고 계신다. 그분께서 대우해 줄 때 최선을 다하는 게 좋을 거다."

그날부터 간수장의 지도가 시작되었다.

병기술과 경기장의 룰을 활용한 잔기술들을 빠르게 선보였다.

'허식만 가득 찼군.'

간수장의 병기술은 병기술이라 말하는 것조차 구역질이 날 만큼 조악했다.

변초로 상대를 농락하는 것이 최선이라고 말하는데, 페르노크가 간수장과 동급의 마력을 지녔다면 벌써 수십 번도 넘게 그 목을 베었을 것이다.

'기술에서 간수장은 내 상대가 못 돼. 문제는 마법이다. 아무리 단순한 투로라 해도 마법 때문에 피하지 못하면 의미가 없어.'

지금 할 수 있는 수단을 점검했다. 그리고 페르노크는

하나의 결론에 다다랐다.

'아타카로 강화시킨 육체에 마력을 합쳐 이 몸의 성능을 이중으로 가속시키면 어떨까.'

아타카의 호흡을 따라 마력이 움직이는 것에 착안하여 페르노크를 새로운 기술을 개발해 나갔다.

절대자들의 기억을 뒤져, 그들이 기술을 발진시켜 나갔던 시행착오를 모두 점검했다.

그리고 그중 페르노크의 방식과 유사한 부분들을 모아 새로운 개념을 정립시켰다.

마력강체술.

아타카의 단련 방식에 마력이 흡수되는 과정을 섞어 육신의 내외부를 빠르게 성장시키는 증폭의 개념이었다.

'아타카 하나만 다뤘을 때보다 활력이 남다르게 상승하는군.'

부딪칠수록 마력강체술은 단단해져 나갔다.

관찰안의 지속시간까지 늘어나니, 간수장의 움직임이 훤히 보이기 시작했다.

보름이 지날 무렵부턴 간수장이 마법을 섞어도 충분히 반응했다.

간수장은 페르노크의 성장을 눈여겨봤다.

'내 검로를 눈으로 따라붙고 있어?'

하지만 살짝 놀랐을 뿐 대수롭지 않게 여겼다.

'상처가 다 아물었나. 이게 놈의 본래 실력일지도 모르

겠군.'

페르노크의 실력은 어느새 간수장의 눈을 속일 정도로 강해졌다.

간수장은 페르노크가 적당히 봐주면서 놀아 준다는 사실도 모른 채, 그를 2레벨 마법사 수준으로 판단했다.

"그만하면 쉽게 죽진 않을 거다."

간수장이 하품이 나올 정도로 느린 검을 거뒀다.

그즈음 페르노크의 마력강체술은 돌덩이를 한 손으로 쉽게 우그러뜨릴 정도까지 성장해 있었다.

"네 마법 '가속'을 사용한다면 너보다 레벨 하나가 더 높은 상대라도 대응할 수 있을 거다."

"당신은 몇 레벨 마법사지?"

"3레벨이다. 하지만 동급에서도 상위에 속한다."

간수장이 페르노크를 훑었다.

"너도 2레벨 상위는 되겠군. 언젠가는 3레벨에 오를지도 모르겠어."

착각에 빠져 사는 먹잇감에게 페르노크는 피식 웃어 보였다.

* * *

경기 일정은 빠르게 잡혔다.

"다음 주에 예선전부터 시작한다."

"예선전?"

"개인전에 처음 출전하는 선수는 9번의 경기를 치른다. 그중 5번을 이겨야 VIP들의 선수들과 겨루는 본선에 진출한다. 선수 강함을 측정하는 평가라고 생각해."

"선수는 어느 수준이지?"

"너와 비슷한 수준이 다섯, 상한 놈이 넷."

"따로 시나리오가 있나?"

"예선에는 큰돈이 걸리지 않아서 시나리오가 없다. 지금 네 실력이면 5승은 무리 없이 따겠지. VIP들에게 눈도장 찍는다 생각하고 마음껏 날뛰도록."

"선수를 죽여도 상관없다는 뜻인가?"

"네 수준에 3레벨은 무리야. 3레벨을 만난다면 경험 쌓는다 생각하고 포기해."

예선전에서 어떤 변수가 발생해도 개의치 않겠다는 말에 페르노크는 미소를 지어 보였다.

간수장은 몇 가지 규칙을 더 설명해 주고 페르노크에게 긴 휴식 시간을 허락했다.

페르노크는 숙소로 돌아와 야크와 모든 정보를 공유했다.

"예선이라…… 우리 계획이 어긋나지 않는가?"

야크의 우려 섞인 목소리에 페르노크가 고개를 저었다.

본래 계획은 관리자의 시나리오를 적당히 수행하면서 힘을 기르고 탈출하는 것이었다.

예선과 본선으로 나뉘는 바람에 계획보다 더 많은 시간이 소모될 거라고 야크는 예상했지만, 페르노크는 오히려 기회라고 여겼다.

"난 예선전 아홉 경기를 모두 이길 거야. 그 대가로 탈출에 필요한 물건들을 요구할 거고, 영감은 내 심부름이라는 핑계로 이곳의 구조를 확실히 파악해 둬."

"그다음은?"

"내가 본선에 올라가는 날, 영감은 반드시 '그곳'에 들어가도록 해."

"그럼 내가 자네에게 신호를 줄 수단이 없네. 그곳은 경기장과 멀지 않은가."

"상관없어. 영감이 할 일만 하면 계획대로 이곳을 빠져나갈 수 있어. 물론 우릴 이곳에 가둔 놈들은 죄다 죽이고 나서 말이지."

"무모하네. 그냥 조용히 나가세나."

페르노크가 비릿하게 웃었다.

"후환은 남겨 두는 게 아니야. 그리고……."

여기 있는 놈들은 모두 자신의 양분이 되어야 마땅하다.

개인적인 복수심보다 성장을 위한 발판으로 VIP들과 선수들까지 죽이겠다는 뒷말을 삼켰다.

'영감은 합류 지점으로 보내서 따로 만나는 편이 좋아.'

지금도 마력강체술이 끊임없이 성장하고 있기에 탈출

은 크게 걱정하지 않았다.

마법 몇 개만 얻는다면 간수장 정도의 마법사는 적수가
못 된다.

본선에 올라가는 즉시 탈출을 시도할 충분한 역량을 갖
추는 셈이다.

"음식과 술을 준비해 둘게. 영감은 그걸로 간수들과 친
분을 쌓도록 해. 이곳의 구조를 헷갈리지 않도록 정확히
외워. 그리고⋯⋯."

"반드시 그곳을 개방시키지."

"⋯⋯영감도 담력이 좋아졌어."

"더는 물러날 곳도 없지 않은가."

야크는 비장한 표정이 되었다.

"내 삶에 미련은 없어. 하지만 신이 내게 다시 한번 기
회를 주셨으니, 하다못해 자네만이라도 반드시 탈출시키
고 말겠네."

"누가 누굴 걱정하는 거야. 허튼 생각 말고 시킨 일이
나 똑바로 해."

야크가 고개를 끄덕였고, 페르노크는 기분 좋게 웃었
다.

이제부터 상대할 마법사들이 얼마나 다양한 마법과 풍
족한 마력을 머금고 있을지 기대됐다.

'이곳엔 죽여야 할 놈들이 많단 말이야.'

모쪼록 아홉 가지의 마법이 쓸 만하길 바랐다.

* * *

시간은 쏜살같이 흘러, 어느새 첫 번째 경기 날이 찾아
왔다.

페르노크는 장검 한 자루와 단검 두 자루를 찬 채 철문
앞에 섰다.

간수장이 다가와 귀띔했다.

"첫 상대는 3레벨 마법사다."

"당신과 비슷한 수준인가?"

간수장이 코웃음 쳤다.

"녀석은 이제 막 3레벨이 됐어. 비교할 걸 비교해."

"그럼 내가 죽일 만한 상대에 포함되겠군."

"운이 따라 준다면 가능성이 있겠지. 하지만 지는 게 당
연한 매치다. 레벨 간의 격차가 어느 정도인지 비교해 둬.
본선에서 시나리오 짤 때 아주 좋은 경험이 될 테니까."

"그건 내가 알아서 할 테니, 약속이나 지켜."

"약속?"

"경기에서 승리하면 원하는 것은 뭐든지 들어준다며."

"아, 소원 말인가."

"야크가 답답해하는 거 같아서 바람이나 좀 쐬게 해 주
고 싶어."

간수장이 입꼬리를 말아 올렸다.

"자신감이 넘치는 건 좋다만, 괜히 객기 부리다가 죽지 마라. 상품을 사용하기도 전에 망가지는 건 그분께서 혐오하는 일이다."

"해 줄 거야, 말 거야?"

"좋아. 바깥으로 내보낼 순 없으니 내부 구경이나 시켜 주마."

"준비하고 기다려."

간수장은 페르노크의 자신감 넘치는 모습을 비웃음으로 배웅했다.

그그그궁!

"……새로운 선수가 입장합니다!"

철문이 열리자 막혔던 소리가 들려왔다.

가면 쓴 관중들이 기다리는 경기장으로 페르노크가 입장했다.

딱딱한 원형 돌바닥에 높은 담이 세워진 경기장은 선수가 빠져나갈 구멍조차 보이지 않았다.

페르노크는 관중석 위쪽, 시선을 잡아끄는 무리들을 힐끗 보았다.

'저들이 VIP인가.'

관리자 옆으로 여러 명의 VIP들이 있었다.

그들은 마력이 없었지만 뒤에 간수장급의 호위를 두고 있었는데, 저 호위들이 VIP들의 선수인 듯했다.

'간수장보다 강한 놈도 몇 명 있어. 하지만……'

한 놈씩 처리한다면 충분히 해볼 만한 싸움이다.

페르노크가 미소를 머금으며 정면으로 시선을 돌렸다.

160cm도 안 돼 보이는 키에 온몸을 근육으로 뒤덮은 중년 사내가 걸어 나왔다.

양 팔목과 정강이에 착용한 은빛 각반이 돋보인다.

"양 선수, 중앙으로 나오십시오."

페르노크와 사내가 10m 거리에서 서로 마주 볼 때쯤 진행자가 슬슬 물러나며 말했다.

"죽거나 항복을 선언한 경우 패배로 간주하며, 모든 무기와 암기가 허용됩니다. 그럼, 신호와 함께 경기를 시작하겠습니다!"

진행자가 철문 안으로 사라졌다.

철문이 닫히고, 사내는 히죽 웃으며 발목과 팔목을 틀었다.

평평한 각반에서 송곳처럼 날카로운 쇠가시가 돌출되었다.

사내는 가시가 돋보이도록 팔을 안으로 굽혔다.

11자 상태가 된 팔을 눈 위로 들어 올리며 몸을 둥글게 말았다.

가시를 앞세운 돌진 형태에 페르노크가 관찰안을 발동시켰다.

"승자에게 영광을!"

VIP석에서 신호가 떨어지기 무섭게 사내의 마력이 두

발바닥에 집중되었다.

쾅!

눈 깜짝할 사이에 페르노크의 검과 사내의 각반이 맞부딪쳤다.

관찰안이 없었더라면 반응하지 못하고 그대로 각반에 꿰뚫렸을 속도였다.

"어린놈이 힘은 좋구나."

사내가 체중까지 싣는 모습을 보고 왜 첫 상대로 선택되었는지 알 것 같았다.

사내의 마법은 폭발적인 속도였다.

페르노크와 비슷한 타입의 마법사가 이 공간에서 얼마만큼의 효율을 뽑아내는지 확인하려는 뜻이었다.

'생각보다 좁아서 벽이 가까워.'

단 한 차례 부딪혔을 뿐인데, 벽은 바로 등 뒤에 있다.

육체를 강화시키는 마법사나 에릭처럼 불을 쏘아 대는 마법사 모두 해볼 만한 구조였다.

요점은 선공권.

상대의 마법을 빠르게 파악하고 거리를 좁히는 것이 승리로 향하는 지름길이다.

짧은 순간에 경기장의 흐름을 꿰뚫어 본 페르노크가 장검을 틀었다.

마력강체술로 증폭된 근력이 강한 회전력을 일으켜 사내의 각반을 튕겼다.

순간 휜히 드러난 복부로 검을 찌르려 하자, 사내의 발바닥에서 마력이 요동쳤다.

"요상한 잔재주를!"

어느새 사내는 멀리 떨어져 다시 처음의 자세를 취했다.

'병기술을 모르고 마법에 의지할 뿐인 전형적인 마법사. 그것도…….'

사내의 발목에 힘줄이 돋았다. 관찰안으로 파악한 마법이 발동되는 전조였다.

페르노크가 정면으로 단검을 던졌다.

팅, 가볍게 부딪치는 소리가 들렸고 페르노크는 유유히 옆으로 몸을 빼냈다.

사내가 옆구리를 아슬아슬하게 스쳐 지나갔다.

'……자기 속도 하나 제어하지 못해서 방향도 바꾸지 못하는 바보군.'

던진 단검을 도중에 피하지 못할 정도로 자기 속도에 휘둘린다.

오직 전진뿐. 사내는 방향을 선회할 수 없다.

제어하지 못하는 마법에 더 이상 흥미는 없다.

"쥐새끼 같은 놈!"

사내의 모습이 흐릿해지는 순간, 페르노크는 제자리에서 도약했다.

그리고 그가 도착할 타이밍을 계산해서 검을 내리꽂았다.

까드득!

지면이 아닌 사내의 척추가 뚫렸다. 뼈마디를 긁어내는 섬뜩한 소리가 울려 퍼졌을 때, 사내가 경악한 시선으로 고개를 돌렸다.

"어떻게……?"

속도가 빨라 봐아 동작이 징직하면 대응하기 쉽다.

페르노크가 그대로 등에서 검을 뽑아 사내의 목을 갈랐다.

검에 묻은 피를 털자 사내의 혼이 튀어나왔고, 영력을 흡수하니 다량의 마력도 함께 흘러 들어왔다.

[가속 Lv.3]

마력을 터트려 속도를 증가시킨다. 연소된 마력이 많을 수록 속도가 증폭된다.

이제 보니 사내는 자신의 마법조차 제대로 활용하지 못하는 머저리였다.

마력을 응집시켜 터트려야 한다면, 그 신체가 굳이 발에 국한될 필요는 없었다.

'마력강체술에 익숙해진 상대에게 가속 마법을 사용해서 변화한 속도에 적응하지 못할 때, 그대로 베어 버린다.'

더블 가속.

일회용이지만 활용도가 많은 마법이다.

페르노크가 흡족한 표정으로 VIP석을 올려다보았다.

가면 아래, 살짝 드러난 관리자의 입꼬리가 올라가 있었다.

예상치 못한 승리였으나, 달가워하는 듯했다.

"15호 승!"

어느새 나온 진행자가 외쳤다.

관중들의 시선이 한 몸에 꽂히는 걸 느끼며 페르노크는 방으로 돌아갔다.

* * *

이후의 경기는 무척 손쉬웠다.

"15호 승!"

"15호오! 연승!"

"절대 멈추지 않습니다! 누가 15호를 막을 수 있을까요!"

관리자는 당초 예상과 달리 연승을 쌓아 가는 페르노크를 기꺼워했다.

본선전에서 높은 VIP들의 관심을 받게 될 거라며 페르노크의 요구사항을 아낌없이 들어줬다.

페르노크도 연승이 꽤 만족스러웠다.

예선이라 해도 선수들이라 그런지 전투와 관련된 마법들이 많았고 대부분 활용도가 높았다.

그들을 죽일 때마다 페르노크의 마력강체술은 성장해 나갔다.

이젠 3레벨 마법사의 공격도 관찰안 없이 파악할 정도였다.

페르노크는 어느새 관중들이 환호하는 예선전의 떠오르는 신성이 되있다.

간수장이 의심스러운 눈초리를 보이지만 딱히 상관없었다.

'계속 연승을 쌓아 가며 성장을 끝마칠 때쯤이면, 네놈들이 의심해 봐야 결코 나를 막지 못한다.'

벌써 6연승을 거뒀고, 그들의 영력과 마력, 마법을 모조리 흡수했다.

말라비틀어진 대지에 물이 빨려 들어가는 것처럼 페르노크의 성장은 가파르게 상승했다.

간수장이 낌새를 느껴 봐야 이젠 소용없다.

"돌풍의 핵! 토벌전부터 데스 매치까지 자신의 손으로 뚫고 나온 15호! 이제 그가 7연승에 도전합니다!"

VIP 선수들과의 결전을 앞두고 흥미를 더욱 끌어올리려는 것인지, 진행자는 잔뜩 흥분한 목소리로 페르노크를 뜨겁게 소개했다.

페르노크의 주목도가 높아질수록 상대 선수들은 눈에 띄게 긴장했다.

'저놈은 2레벨이야! 분명 2레벨이라고 들었어!'

그들도 페르노크에 대한 정보를 후원자들에게 들었다.

하지만 정보가 헛소문이라 생각될 정도로 페르노크의 움직임이 예사롭지 않다.

레벨 사이엔 커다란 벽이 존재한다.

상극인 경우가 아니라면 눈에 보이는 수치를 뛰어넘지 못해야 정상이다.

'가속에 치중된 마법이라며! 내 마법은 저주라고!'

3레벨 특이 계열 마법사, 마르코는 육체 강화 계열 마법을 손쉽게 요리하리라 생각했다.

그의 마법은 상대의 인식을 저해시킨다.

판단력과 사고를 흐트러뜨려 무력화시키는 육체 강화 계열 마법의 천적이었다.

하지만.

"왜!"

만반의 준비까지 갖추고 나왔음에도 페르노크는 인식 저해에 허덕이지 않는다.

"대체 왜!"

외마디 비명을 터트리며 마르코의 목이 바닥을 굴렀다.

페르노크가 손안의 여운을 만끽하며 지금껏 감았던 눈을 떴다.

[인식 저해 Lv.3]

상대의 시야가 닿는 곳을 어지럽게 만든다.

페르노크는 마르코의 마법을 간수장에게 들어 알고 있었다.

대처법은 간단했다.

상대를 봐야 인식 저해가 걸린다면, 처음부터 보지 않고 몰아친다.

이는 마르코가 인식 저해만 믿고 쉽게 검을 휘두르는 병기술 애송이라 가능한 방법이었다.

더군다나 페르노크는 눈을 감고도 상대와의 간극을 재는 무수한 전투 경험을 보유하고 있었다.

경험과 병기술 모두 페르노크의 티끌만도 못 한 마르코와의 승부는 손쉽게 끝났다.

"7연스으으으응!"

"15호! 15호! 15호!"

페르노크가 관중들의 환호를 뒤로하며 철문 안으로 들어서자, 멀리서 간수장이 다가왔다.

처음에 낯설고 크게 보였던 그의 마력이 지금은 하찮게 느껴진다.

오늘로 일곱 명째.

페르노크의 마력은 어느새 4레벨에 도달해 있었다.

4장. **사냥**

사냥

페르노크는 마력을 두 갈래로 나눴다.

하나는 마력강체술로 전신에 코팅하고, 다른 하나는 2
레벨 수준의 덩어리로 배꼽 아래, 마력 홀에 모아 둔다.

마력 홀에 깃든 마력은 직접 끌어내기 전까진 그 실체
를 모른다.

관리자를 포함한 마법사들은 표면에 흐르는 마력만 감
지한다.

페르노크가 3레벨을 넘어서지 못한다고 착각한 이유였
다.

"눈을 감고 싸우더군."

하지만 최근 들어 간수장의 의심이 짙어지고 있다.

마력량은 2레벨에 불과한데, 계속 페르노크가 연승을

쌓으니 누가 봐도 이상해 보였다.

독을 먹여 페르노크가 수중에 떨어졌다고 판단한 관리자는 보물을 발견했다며 좋아했다.

하지만 간수장은 일말의 의구심도 지워 버리고 싶었다.

평소 통로에서 기다리던 간수장이 오늘 경기를 직관하곤 페르노크를 날카롭게 살펴보았다.

"저주 마법은 안다고 해서 쉽게 대처하기 어려운데, 아주 능숙하게 위기를 모면했어."

"예전에 비슷한 타입을 만나 봤지. 경험 많은 용병이 대처법을 추천해 줬어. 정신을 현혹시키는 마법사를 만났을 땐, 눈을 감고 뛰어들라고 말이야."

"한 치만 삐끗해도 죽었을 거다."

"그렇다고 가만히 앉아서 당할 순 없잖아?"

간수장이 마력을 페르노크에게 흘려보냈다.

겉을 감싼 마력은 눈치채지만 마력 홀 깊숙이 감춰 둔 본심까진 읽어 내지 못한다.

'마력은 그대로야. 마법이 성장했다는 느낌도 없어. 그런데 3레벨 마법사를 연달아 죽였다. 마법사들의 수준이 낮았든가. 이놈과 상성이 나빴든가. 아니면……'

자신과의 대련도 어느덧 3달 전이다. 설마 그 안에 벽 하나를 깼단 말인가.

'……위로 올려 보내면 알겠지. 거기서부턴 아무것도 감추지 못한다.'

자신이 통제할 수 없는 무언가가 있어선 안 된다.

찝찝함을 털어 내려는 듯 간수장이 고개를 저으며 말했다.

"무모한 행동은 삼가도록."

"쓸데없는 걱정이나 하자고 기다린 건 아닐 테지?"

간수장이 통로 안쪽으로 고개를 돌렸다.

"약 먹을 시간이다."

"일주일 남지 않았나."

"그분께서 네 실적을 흡족해하시더군."

페르노크가 승리를 거둘 때마다 관리자는 요구한 것 이상의 물건을 감옥에 넣어 줬다.

얼마나 기뻤으면 직접 감옥까지 찾아와 귀한 술도 따라 줬다.

"결코 누가 되는 일이 없도록 해라."

페르노크가 어깨를 으쓱이며 간수장을 지나쳤다.

익숙한 길을 따라 걷자 유독 화려한 관리자의 서재가 보였다.

페르노크가 가볍게 문을 열자 기름진 냄새가 훅 파고들었다.

관리자가 진미를 차려 놓은 채 페르노크를 반겼다.

"하하하, 오늘 경기도 최고였다!"

페르노크의 연승은 관리자의 예상을 뛰어넘었다.

5승만 달성하도록 최대한 약한 마법사들을 붙여 줬는

데, 페르노크는 한술 더 떠서 3레벨 마법사들까지 몰아붙였다.

경기를 주선한 관리자가 이토록 놀라는데 관중들은 오죽하겠는가.

입소문을 타더니, 페르노크의 경기를 감상하기 위해 많은 부호들이 경기장을 방문했다.

관리자는 페르노크를 볼 때마다 저절로 미소가 지어졌다.

"마력은 2레벨 수준을 못 벗어나지만, 마법 응용력은 가히 3레벨이라 불러도 손색없어!"

"상성이 좋았을 뿐, 본선에선 이와 같은 활약을 펼칠 거라 장담 못 해."

"하지만 VIP들은 너를 3레벨 마법사로 평가하고 있다."

"주목받아 봐야 시나리오 짜는 게 더 힘들어지지 않나?"

"밑바닥부터 기어 올라온 마법사가 역경을 딛고 강자를 도륙하는 과정만큼 관객을 달아오르게 하는 이야기는 없다. 관객을 자극하는 매치를 모든 VIP들이 반기지."

관리자는 탁자에 초록빛 액체가 담긴 병을 올렸다.

"아주 잘하고 있어. 시원시원한 모습이 마음에 들어. 하하하하!"

이 '해독제'가 있는 이상 페르노크를 완벽히 통제할 수 있는 장난감으로 여기는 듯했다.

마실 필요 없는 해독제를 3번이나 마신 페르노크가 이

번에도 초록 액체를 꼴깍 삼켰다.

관리자가 흐뭇하게 웃으며 물었다.

"이번엔 뭘 줄까? 뭐든지 말해."

"쇠사슬 갑옷."

관리자가 고개를 갸웃했다.

"속도를 중시하는 네가 그런 거추장스러운 쇳덩이를 입으려고?"

"야크한테 줄 거야."

"쯧쯧, 쓸데없는 인정이 넘쳐. 고작 늙은 심부름꾼 따위를 뭐가 좋다고 챙기나."

"꽤 빠릿빠릿해. 하지만 몬스터 울음소리만 들어도 움츠러드니, 그건 어떻게 해 줘야겠더군. 갑옷이라도 입혀 두면 조금은 괜찮아지겠지."

관리자가 고개를 끄덕였다.

"좋은 물건으로 준비해 두마. 그리고 예선은 오늘로 끝낸다."

"남은 2경기는?"

"굳이 치를 필요가 없어졌다. VIP들이 네 퍼포먼스에 안달이 난 모양이야. 먼저 선수들을 제시하며 대결을 추진하더군."

"성급하지 않아? 한창 분위기 좋을 때, 내가 지면 관중들이 실망할 텐데?"

"본선부턴 이기든 지든 재밌게 판만 꾸미면 돼. 일단,

첫 매치 때 팔 한 짝은 부러질 각오로 임해. 적당히 발버 둥 치면 상대가 알아서 맞춰 줄 거야."

"뭐 하러 급하게 일을 진행하는지 모르겠군."

페르노크가 고개를 절레절레 저으며 자리에서 일어났다.

"쇠사슬 갑옷이나 빨리 보내 줘."

"아주 좋은 걸로 맞춰 주지. 아, 음식들은 가져가도 좋 아. 네 종자와 회포라도 풀어."

관리자가 손가락을 튕기자 간수들이 음식들을 카트에 실었다.

"보름 뒤의 경기를 기대하마."

* * *

페르노크가 풍족해진 자신의 방으로 돌아왔다.

간수들이 음식들을 방 안에 차려 놓자 야크의 눈이 휘 둥그레졌다.

"이게 다 뭔가?"

"마지막 만찬."

페르노크가 닭을 뜯어먹으며 무심히 말했다.

"일정을 앞당겨야겠어."

간수들이 사라지고 난 뒤에 페르노크는 상황을 설명했 다.

"보름 뒤에 VIP 선수와 경기를 치른다."

"아직 예선은 2명 더 남지 않았나?"

"생략하고 바로 본선 직행이야. 영감은 '그곳'의 위치를 파악해 뒀어?"

"대략적인 위치는 알고 있네. 문제는 그곳까지 들어갈 방법인데…….."

고민하던 야크가 고급스러운 와인을 발견하곤 씨익 웃었다.

"……어떻게 해 볼 만할 것 같아. 자네는 괜찮겠나?"

페르노크는 아홉 가지의 마법을 얻은 뒤에 움직일 생각이었다.

하지만 지금까지 얻은 일곱 가지의 마법으로도 해 볼 만하다고 판단했다.

"의심의 눈초리가 심해지고 있어. 지금까지 적당히 넘긴 게 신기할 정도야. 오히려 좋은 기회야. 놈들의 감시가 옅게 조여 오는 이때, 빈틈을 노려야 해."

일곱 가지의 마법을 바탕으로 본선 선수들을 죽이고 그 즉시 영력과 마력을 탐한다.

전투 중에 지속력을 유지할 최소한의 상태를 확보했으니 이젠 거리낄 게 없었다.

페르노크가 침상 밑에서 날카로운 쇳조각을 꺼냈다.

"첫 경기 날은 관리자와 간수장이 나를 분명 주시한다. 내 정확한 실력을 보기 위해 VIP들도 모여들 거고, 판돈도 커질 거야. 놈들의 경계가 경기장 주위에 집중되겠지."

"다른 곳은 그만큼 경계가 소홀해질 테고, 그곳의 감시가 느슨해지겠군."

페르노크가 씨익 웃었다.

"그때, 그곳에 파고들어서 전부 해방시켜."

* * *

시간은 어느덧 쏜살같이 흘러 VIP 선수와의 본선 경기가 다가왔다.

일반전에서도 최상급이라 평가받는 실력자들 간의 대결.

투기장의 꽃이라 불리는 VIP 선수와의 대결을 구경하기 위해 어느 때보다 많은 관중들이 몰려들었다.

"15호! 15호! 15호!"

어느새 관중들은 페르노크의 가명을 연호했다.

토벌전부터 시작해 일반전에서 7연승을 이룬 밑바닥 실력자.

관리자가 짜 놓은 시나리오는 사람들을 달아오르게 만들었다.

그 흥은 맞은편의 상대를 목격하곤 절정에 이르렀다.

"철인이다!"

반대편에서 몸이 2m는 될법한 거구가 걸어 나왔다.

상반신에 아무것도 걸치지 않았지만 아무도 그를 무방

비하다고 생각하지 못했다.

철인은 몸 전체를 금속처럼 단단하게 만든다고 해서 붙여진 별명이다.

그의 마법은 몸의 강도를 올림과 동시에 근력을 증폭시킨다.

패배한 자들은 그의 마법을 뚫지 못해 그대로 짓뭉개졌다.

'속도를 중시하는 마법사의 천적인가.'

제아무리 빨라도 몸을 관통하지 못하면 아무 의미가 없다.

철인은 가만히 몸을 말고만 있어도 가속 마법사들이 지쳐 나가떨어질 것이다.

'패배하라고 떠민 승부마저 이긴다면 확실히 나를 위험하다고 여기겠지.'

왜 팔 하나 부러질 각오로 지라 했는지 알 것 같은 매치다.

시나리오는 보통 이렇게 짜인다.

대진표를 조작하거나, 누가 봐도 질 것 같은 상대를 붙여 승부 조작이 VIP들을 불쾌하게 만들지 않도록 하는 것.

'조잡하기는.'

페르노크가 그들의 욕망을 비웃으며 경기장 한복판에 들어섰다.

팔짱 낀 철인이 맞은편에서 설렁설렁 걸어 나왔다.

"얌전히 팔 하나만 놓고 가."

지루한 경기에 대한 보답이라는 듯 철인이 엉성한 자세를 잡았다.

페르노크가 싱긋 웃었다.

철인은 페르노크가 자신의 신호를 받아들였다고 착각했다.

'보는 눈이 많으니, 적당히 놀아 주다가 끝내야지.'

절대 죽이지 말란 명이 있었다. 하지만 철인은 본선에서 나름 잔뼈가 굵은 선수.

관객들을 흥분시키기 위한 조건이 무엇인지 잘 알고 있었다.

'살려만 두면 상관없잖아.'

뼈를 뒤틀어 비명을 퍼트리고 잔인하게 사지를 으깬다.

경기장에 잔뼈 굵은 철인이 관중들의 환호를 예상하며 지면을 박찼다.

거대한 풍압이 페르노크의 전신을 훅 치고 들어온 순간.

"······?"

철인의 팔이 빈자리를 쓸고 지나간다.

"뭐야. 어디······."

푹!

섬뜩한 소리가 목덜미에서 들렸다.

철인이 날파리 쫓듯 뒤로 팔을 휘두르자 페르노크가 어

깨에서 떨어졌다.

"어……?"

그와 동시에 철인이 무릎 꿇었다.

갑자기 머리가 돌기 시작했다. 속이 메스꺼워 구역질이
치밀어 올랐다.

저도 모르게 목덜미를 훑은 철인이 깜짝 놀랐다.

강철의 몸이 뚫려서 피가 흥건하게 흘러나오고 있던 것
이다.

[일점사 Lv.2]

한 부분을 열 번 타격한다. 같은 부위를 타격할 때마다
위력이 증폭된다.

페르노크가 3연승 때 챙긴 마법이었다.

한 부위의 타격 횟수가 늘어날 때마다 위력이 곱절로
불어난다.

상대를 맞추지 못하면 쓸모없는 마법이지만, 타격 부위
가 넓은 상대에겐 회심의 무기가 될 수 있다.

여기에 하나를 더 섞었다.

[부식 Lv.3]

마력이 닿은 곳을 썩게 만든다.

철인이 제아무리 3레벨 끝자락의 마법사라도 두 가지 종류의 마법은 상쇄하지 못했다.

이 자리의 모두 마찬가지였다.

어느 누가 페르노크의 검 끝에서 두 가지 마법이 복합적으로 튀어나왔다고 생각하겠는가.

[인식 저해 Lv.3]
상대의 시야가 닿는 곳을 어지럽게 만든다.

그리고 페르노크는 마지막 쐐기를 박았다.

철인은 목에서 흘러나오는 피와 더불어 어지럼증에 구역질마저 나왔다. 하지만 눈을 감고 쉴 수 없었다.

어느새 코앞까지 다가온 페르노크가 검을 들어 올렸다.

싸늘한 눈동자와 마주치는 순간 철인은 소름이 돋았다.

"뭐 하는 짓이야!"

그제야 페르노크와 자신의 목적이 처음부터 틀어진 상태였음을 깨달은 철인이 눈을 부릅떴다.

"이것도 시나리오야? 아니지? 응? 워, 원하는 걸 말해! 뭐든⋯⋯."

페르노크가 검을 높이 들어 올렸다.

"내가 원하는 건 네 마법이야."

검이 부드러워진 살점을 뚫고 철인의 숨을 앗아 갔다.

부르르 떨던 그가 축 늘어지자마자 페르노크는 만족한

미소를 지었다.

　[강철화 Lv.3]
　몸을 강철처럼 단단하게 만든다. 퍼진 마력은 강도에
맞는 근력으로 증폭된다.

　사용한 마법이 아깝지 않은 무기 하나가 새로 추가되었다.
　페르노크는 한결 느긋해진 표정으로 위를 올려다보았
다.
　"페르노크으으!!"
　당황한 관리자가 벌떡 일어나 소리쳤다.
　철인의 VIP는 석상처럼 굳어졌고, 다른 VIP들은 혼란
스러운 목소리로 웅성거렸다.
　절대, 죽여선 안 될 자를 죽였다. 시나리오는 틀어졌고
이를 알고 있는 모두가 경악했다.
　관중들마저 순식간에 끝난 승부가 믿기지 않아 침묵하
고 있을 때, 페르노크가 철문으로 시선을 돌렸다.
　"뭐 하는 짓이냐!"
　분노한 간수장이 달려오고 있었다.
　"네가 죽고 싶어서……!
　그러나 간수장은 페르노크에게 향할 수 없었다.
　"간수장님! 몬스터입니다! 몬스터가 우리를 탈출했습
니다!"

황급히 뒤따라온 간수가 외쳤다. 그리고 기나긴 복도 속에서 도사리던 거대한 뱀 역시 그 뒤를 따랐다.

"모, 몬스터다!"

"왜 이곳에 몬스터가 있어!"

"경비!"

"문 열어!"

관중들이 비명을 지르고, 경비들이 몬스터와 함께 어우러진다.

난장판이 되어 버린 경기장을 페르노크가 느긋하게 걸었다.

'야크가 한 템포 빠르게 움직였나.'

야크에게 지시한 내용은 단 하나.

감옥이라 불리는 그곳.

경기장 지하에 갇힌 모든 위험한 요소들을 풀어 버리는 것.

그를 위해 야크는 페르노크가 경기를 치를 때마다 간수들과 어울리며 친분을 쌓았다.

이곳의 통로를 제집처럼 꿰기 시작하니 모든 계획이 손쉽게 짜였다.

'나 혼자 힘으론 저 모든 것들을 감당하지 못한다. 하지만 원한을 가진 이들이 함께한다면 얘기가 다르지.'

적의 적은 아군이다.

그건 몬스터뿐만이 아니다.

억눌린 분노가 지하에서 폭발하는 것이 느껴진다.

"이, 이게 다 무슨……."

페르노크가 당황하는 간수장에게 검을 겨눴다.

VIP석의 수많은 마법사들.

간수장과 간수 그리고 몬스터.

양분들이 넘쳐흐르는 혼란 한복판에서 페르노크가 지금까지 숨겨 놓은 마력을 모두 개방시켰다.

"자, 네놈들이 좋아하는 게임을 시작해 볼까."

* * *

페르노크가 경기장으로 떠나기 한 시간 전.

야크는 심부름이란 핑계로 지하에 내려갔다.

"간수님들, 오늘도 고생이 많으십니다."

그동안 자주 얼굴을 마주한 덕분인지, 문을 지키던 간수가 야크를 반갑게 맞이했다.

"자넨 볼 때마다 얼굴이 좋아져. 15호가 잘해 주나 봐?"

"항상 배부르게 먹으며 삽니다."

"가축 신세에서 출세했네. 그런데 여긴 웬일이야?"

"심부름이 있어서요."

"15호?"

"예. 저 안에서 사람을 하나 빼 오라고 하셨습니다."

"뭐에 쓰려고?"

"그것까진 잘 모르겠습니다. 관리자님께 허락받았다고

만 들었습니다."

간수가 옆으로 고개를 돌렸으나, 동료는 고개를 저었다.

"무슨 얘기 들은 거 있어?"

"아니, 아무 지침도 없었는데?"

다시 야크를 바라보는 간수의 눈동자에 의구심이 피어올랐다.

"허락받은 거 맞아?"

"예, 예. 간수장님이나 관리자님께 가서 확인해 보셔도 괜찮습니다."

그러자 간수는 곤란한지 볼을 긁적였다.

VIP 선수들 간의 경기가 시작될 때마다, 주요 인원들이 경기장 쪽에 배치된다.

혹시나 모를 위험한 사태에 대비하기 위해 다른 이의 출입까지 엄격하게 통제한다.

간수장에게 답을 들으려면 최소 반나절은 필요하다.

간수의 고민은 깊지 않았다.

'설마, 이 새끼가 거짓말했겠어.'

죽고 싶지 않고서야 금방 탄로 날 헛소리를 지껄였겠는가.

께름칙한 부분은 경기가 끝나고 간수장에게 따로 물어보면 된다.

"그리고 이건 고생하시는 귀한 분들에게 페르노크 님께서 따로 전해 드리라는 자그마한 성의입니다."

바구니를 열자, 관리자에게 챙겼던 귀한 와인이 모습을 드러냈다.

"크, 크흠. 뭘 이런 걸 또."

"아무리 허락이 떨어졌어도 이곳을 지키는 책임자들은 두 분 아닙니까."

"그야 당연한 소릴! 간수장님도 항상 우리에게 묻고 사람을 데려가신다고."

"갑작스러운 통보에도 흔쾌히 승낙해 주셔서 감사한 마음에 드리는 겁니다. 내려가서 다른 간수님들과 함께 드시겠습니까?"

"거참, 역시 15호는 선수답지 않게 예의가 뭔지 잘 안단 말이야. 하하하하하!"

간수가 호탕하게 웃으며 옆의 간수에게 말했다.

"잭, 누가 오는지 잘 보고 있어라."

"말린 과일이나 많이 남겨 놔."

잭이 삼중 자물쇠를 열었다. 지하로 내려가는 길이 열렸고, 간수가 신나는 표정으로 앞장섰다.

수많은 감시원들을 지나쳐 감옥지기 앞에 도착했다.

"관리자님 명이시다. 한 명 꺼내 와."

"예. 알겠습니다."

야크가 웃으며 간수에게 바구니를 전달했다.

"어? 그 술 뭐야?"

"치사하게 혼자 마시려고?"

지나가던 간수들이 들러붙는 모습을 보고 야크가 감옥지기와 안으로 들어갔다.

　짐승 우리처럼 생긴 토벌전 대기실 앞에서 감옥지기가 물었다.

　"찾는 사람이 누구야?"

　야크가 둘러보다가 건강해 보이는 사람을 지목했다.

　"저놈입니다."

　"3호실? 특이하네. 15호실과 접점도 없을 텐데."

　"페르노크 님의 고향 사람이라고 들었습니다. 관리자님께서 가르쳐 주셨죠."

　"그래? 심부름꾼으로 쓸려나."

　감옥지기가 의심 없이 3호실 문을 연 순간이었다.

　푹!

　갑작스런 통증에 감옥지기가 옆으로 고개를 돌렸다.

　"……?"

　상황을 이해하기도 전에 그가 풀썩 쓰러졌다.

　뾰족한 무언가에 찔린 부위에서 피어오른 초록빛 선이 삽시간에 심장까지 퍼져 나간 것이다.

　'진짜 극독이었어.'

　야크가 절명한 감옥지기를 내려다보며 혀를 내둘렀다.

　페르노크가 빼앗은 마법으로 몇몇 물체와 음식에 독을 발랐다.

　지금 야크가 찌른 단검엔 마력이 없는 자들은 비명도

지르지 못하고 죽을 극독이 발라져 있다.

야크가 감옥지기 등에서 단검을 빼내고 3호실의 문을 열었다.

"어…… 어어……!?"

3호실의 유일한 사내가 당황한 표정을 지었다.

야크는 감옥지기의 열쇠를 빼앗으며 크게 심호흡했다.

"안심하게. 난 자네처럼 이곳에 갇힌 사람들을 풀어 주려고 왔다네."

"서, 성에서 오신 겁니까!"

"아니, 나도 자네처럼 토벌전에서 몬스터 먹잇감 신세였네. 하지만 이곳을 뒤엎을 만한 은인을 만났지. 자네들이 힘을 보태 그분을 도와준다면 함께 탈출할 수 있네."

사내는 쉽게 믿지 못하는 눈치였으나, 죽은 감옥지기와 야크를 번갈아보곤 이내 표정을 굳혔다.

"그게 가능합니까?"

"이미 엎질러진 물이네. 나를 따라올 텐가, 여기서 몬스터 밥이 될 텐가?"

사내가 몸을 벌떡 일으켰다.

"그래. 좋은 선택이야."

"혹시, 저를 아십니까?"

"모르네. 그냥 아무나 한 명 도와줄 사람이 필요해서 가장 덩치 좋은 자네부터 구했네."

"제가 뭘 하면 됩니까?"

"이곳 사람들을 모두 풀어 주고, 나를 따라 몬스터 우리로 가세. 그곳에서 몬스터를 모두 풀어 버릴 거야."

사내의 안색이 파리해졌다.

"모, 몬스터를 풀어 버린다고요?"

"자네들만으론 간수들을 당해내지 못해. 우린 이곳의 바닥까지 긁어서 난장판으로 만들어야 하네. 몬스터가 풀어져도 결국 간수들과 싸우느라 소탕될 테니 아무 걱정 말게나."

"알겠습니다. 그런데 몬스터는 어찌 풉니까?"

"저기 도구가 있지 않은가."

야크가 사내를 이끌고 복도로 걸어 나왔다. 간수들이 피거품을 문 채 쓰러져 있었다.

놀란 사내에게 야크가 말했다.

"저 와인에 독이 들어 있었지. 이 간수들은 상당히 게을러서 웬만한 놈들은 다 와인을 마셨을 거야."

"그럼 이 층의 간수들을 전부 죽은 겁니까?"

"대부분은 죽었겠지. 나머지는 우리가 처리하면 돼."

야크가 간수들의 품을 뒤져 열쇠 꾸러미를 찾았다.

"내가 몬스터 우리를 풀 동안 자네는 이걸로 사람들을 해방시켜 주시게. 그리고 내가 신호를 주면 모두 함께 위로 올라가 우리의 한을 푸는 걸세!"

가능, 불가능은 더 이상 중요하지 않았다.

반격할 수 있는 무기가 생기자, 사내는 자신을 납치한

자들에 대한 증오가 피어올랐다.

"힘쓰는 건 맡겨 주십쇼!"

"다른 간수들이 내려오기 전에 움직이게. 서둘러!"

야크와 사내가 서로 갈라져 바쁘게 움직였다.

* * *

그리고 지금.

철인이 죽었다.

VIP석의 관리자는 빠르게 현실을 파악하고 얼굴을 굳혔다.

'저 미친놈이 죽였어? 철인을?'

만에 하나라도 눈먼 칼에 맞아 계획이 틀어지지 않기 위해서 페르노크의 역량으론 절대 이기지 못할 마법사와 붙였다.

그런데 페르노크가 불가능한 대전을 승리로 장식했다.

"이 새끼가……."

VIP석은 싸늘한 정적이 감돌았고, 관리자는 초조한 마음에 발만 동동 굴렸다.

VIP의 진노가 터져 나오기 전에 해결할 방법은 하나뿐이다.

"당장 페르노크를 죽여라!"

관리자의 외침과 동시에 몬스터가 난입했다.

* * *

경기장이 비명으로 가득 찬다.

하늘엔 날개 달린 몬스터가 날아다니고, 벽을 타고 오르는 거대한 뱀이 관중들을 집어삼킨다.

사람과 몬스터가 어우러지는 아비규환 속에서 페르노크는 간수장에게 웃어 보였다.

계획이 성공한 이상 간수장을 껄끄러워할 필요가 사라졌다.

"수하들을 잘 단속했어야지. 상관이 보는 눈이 없으니 이 꼴이 되는 게 아닌가."

의미심장한 말에 간수장은 눈매를 굳혔다.

"설마…… 네놈 짓이냐?"

"글쎄. 근무 태만을 징계하는 건, 네 역할이잖아."

간수장이 이를 갈았다.

어떻게 이런 상황이 발생했는지는 모든 것이 정리되고 나서 파악해도 늦지 않다.

중요한 건, 페르노크가 몬스터들까지 일부러 끌어들였다는 점.

이곳에서 승부를 보겠다고 각오한 의지였다.

"배짱 하나는 미쳤구나. 감히 독을 처먹고 주인에게 반기를 들어?"

독이라는 말에 페르노크가 피식 웃었다.

"사람은 하나에 꽂히면 생각이 단순해져. 특히나 자기 손에 잡아 두었다고 확신할수록 말이야."

페르노크가 간수장에게 검을 겨눈 상태에서 자세를 낮췄다.

"왜 죽었는지 사이좋게 손잡고 고민해 봐."

"네놈은 시체조차 남기지 못할 거다!"

간수장은 처음으로 격정적인 감정을 드러냈다.

그와 동시에 퍼져 나오는 은빛 선의 다발.

관통력에 치중된 듯한 속검을 페르노크가 정면에서 맞받아쳤다.

하지만 충돌음은 들리지 않았다.

페르노크의 검이 은빛 선에 달라붙어 떨어지지 않았던 것이다.

'이건······.'

검과 검의 옆면이 달라붙어 어떤 식으로 움직이든 따라붙는 현상.

'······내 움직임이 전부 읽힌다고?'

상대의 움직임을 읽고 그에 맞춰 대응하는 병기술이다.

보통 고수가 하수의 무기를 빨아들여 튕겨 낼 때 많이 사용한다.

'이럴 리가 없어.'

간수장은 자신이 농락당한다는 사실을 믿지 못했다.

페르노크의 습득력이 남다르긴 했지만 결국 2레벨 마법사라고 판단했다.

개인전 연승 당시에도 자기보다 한 단계 높은 레벨의 마법사를 상성으로 극복했다고 여겼다.

2레벨 상급 그리고 언젠가 3레벨에 오를 재목.

간수장은 페르노크를 센스 넘치는 마법사 정도로 인식했다.

실제로 레벨을 구분하는 마력조차 2레벨에 불과했다.

'뭐지, 이 마력은?'

간수장은 그제야 페르노크의 전신에서 흘러나오는 섬뜩함을 느꼈다.

머릿속에 경종을 울려대는 불가사의함이 뱃속의 마력과 합쳐지는 순간, 페르노크는 관리자보다 한 수 높은 마력을 뿜어냈다.

"……!"

최소 4레벨 이상의 마력이 삽시간에 터져 나왔다.

예상치 못한 마력의 범람에 간수장은 이해를 포기하고 생존에 집중했다.

우우웅!

간수장이 모든 마력을 터트리며 페르노크에게서 간신히 벗어났다.

그와 동시에 자세를 낮추고 은빛 선에 힘을 더했다.

선과 선이 이어져 면으로 확장되었다.

그것은 이내 거대한 은빛 벽이 되어 페르노크에게 쏘아
졌다.

마력을 선으로 이어붙인 관통 마법의 정수.

'이런 식의 응용도 가능한가.'

페르노크도 간만에 털이 곤두섰다. 하지만 피할 필요성
은 느끼지 못했다.

[강철화 Lv.3]

마력강체술에 철인에게 빼앗은 마법을 섞어 그대로 밀
어붙였다.

쾅앙!

검이 장막을 찢어발겼다.

파편처럼 흩날리는 장막 너머에 가슴 꿰뚫린 간수장이
피를 토하고 있었다.

"이, 이건…… 철인의……."

간수장이 찰나에 펼친 마법을 눈치 챘으나, 페르노크가
검을 뽑자 피 분수를 뿜어내며 앞으로 쓰러졌다.

솟구친 영력을 흡수하니 간수장의 마법과 마력이 흘러
들어온다.

역시 예측한 대로 무기에 관통력을 부여하는 마법이었
다.

"간수장니이이임!"

통로에서 30명은 될 법한 간수들이 들어왔다.

저레벨 마법사도 섞여 있었다.

하지만 신경 쓰이는 부류는 위에서 뛰어 내려왔다.

서걱!

페르노크가 고개를 왼쪽으로 까딱거렸다. 화살이 머리카락을 스쳐 바닥에 꽂히자마자 지면이 얼어붙기 시작했다.

'최소 세 놈.'

2발의 화살을 피해 뒤로 뛰자, 몬스터가 아가리를 크게 벌렸다.

페르노크는 돌아보지도 않고 검을 뒤로 휘둘러 몬스터의 목을 갈라 버렸다.

터져 나오는 진녹색 피를 뚫고 시커먼 창날이 파고들었다.

페르노크가 검을 사선으로 들어 올리려는데, 바닥에서 그림자가 채찍처럼 솟구쳤다.

양팔이 구속당한 페르노크의 복부로 창이 꽂혔다.

까앙!

아니, 꽂힌 듯 보였다.

"뭐야?"

아직 남아 있는 강철화가 연이은 마법들을 튕겨 냈다.

페르노크가 지면에 착지하기 무섭게 주위를 훑어보았다.

관중석 위에서 화살을 장전하는 궁수.

거리를 두는 창잡이.

그림자에 발을 디디는 단검술사.

'VIP들의 선수인가.'

사태를 진압하기 위해 직접 뛰어내린 선수들을 살피며 페르노크가 입맛을 다셨다.

'최소 간수장 이상.'

양질의 영력과 마력을 가진 먹잇감들이 제 발로 찾아왔다.

이들 보다 강한 녀석들은 VIP들을 호위하며 경기장을 빠져나가는 중이다.

고작 이 정도로 막아 낼 거라 여긴 VIP들의 판단이 페르노크에겐 더할 나위 없는 호기였다.

'이놈들을 먹으면 영력이 꽤 오르겠군.'

마력도 흡수된 만큼 회복된다.

죽이면서 강해지는 페르노크에게 지구전은 의미가 없다.

"지금!"

VIP 선수들도 시간을 끌 생각이 없는지, 쏟아지는 화살에 맞춰 속공을 개시했다.

페르노크가 얼음 알갱이처럼 부서지며 떨어져 내리는 화살 비 속에서 천천히 검을 휘둘렀다.

몹시 간결해서 눈에 훤히 보일 정도였고, 그 경로엔 아무것도 존재하지 않았다.

허공에 검술 수련을 하는 게 아닌가 싶을 정도로 의아한 동작.

하지만 다음 순간에 창잡이와 궁수는 경악하고 말았다.

서걱!

페르노크의 발밑에서 암습을 가하려던 그림자가 검로를 따라 솟구쳐 베였기 때문이다.

[사이클 lv.3]
반경 5m 안의 마법을 눈앞에 끌어당긴다.

단검술사는 그림자와 함께 갈라지는 자신의 모습을 믿지 못했다.

"왜……?"

VIP 선수들은 페르노크를 육체 강화 계열 마법사라고 들었다.

당연히 그가 허공에 검을 휘두를 때, 정신 나간 행동이라고 여겼다.

그림자 마법에 몸을 섞어 움직이는 자신을 검로에 끌어당길 거라고 누가 예상이나 했겠는가.

푸화악!

선혈을 뿜어내며 갈라지는 시신을 발아래에 두고 페르노크는 무심히 검을 털었다.

* * *

단검술사의 영력과 마력이 페르노크에게 흡수되었다.

[암영 Lv.3]
어둠에 동화되어 어두운 곳으로 이동한다.
반경 30m 이내의 거리만 가능하다.

페르노크가 그늘진 곳에 자리 잡은 궁수와 밝은 곳으로 달려오는 창잡이를 번갈아 보았다.
이윽고 그의 몸이 그림자 속으로 빨려 들어갔다.
'뭐지?'
'저건 레녹의…….'
페르노크를 육체 강화 계열 마법사로 판단한 그들로서는 어리둥절한 광경이었다.
당황도 잠시.
그들은 심상치 않은 마력에 경기장이 요동치자, 얼굴을 굳히며 함께 마력을 터트렸다.
'가속 마법이라고 들었는데 전혀 생뚱맞은 마법을 사용한다.'
'불가사의한 놈이야. 절대 시간을 끌어선 안 돼.'
창잡이와 궁수가 눈을 마주쳤다.

오랜 시간 경쟁한 만큼 그들은 서로의 습관까지 꿰고 있다.

급조된 협력이라고 생각되지 않을 정도로 두 마법사의 합격은 날카롭게 이어졌다.

콰아아아앙!

간수와 몬스터를 구분하지 않고 얼음 화살이 비처럼 쏟아졌다.

'어디냐!'

발을 디딜 만한 자리는 모두 한기로 가득하다.

페르노크가 모습을 드러낸 순간 한기에 발목이 붙잡혀 움직임이 더뎌질 것이다.

그 즉시 창잡이의 날카로운 일격이 페르노크를 관통한다.

두 사람의 판단은 지극히 합리적이었다.

하지만.

"란!"

창잡이가 비명과도 같은 소리를 내질렀을 때, 궁수 란은 모든 계획이 헝클어졌음을 깨달았다.

"시야가 좁군."

무미건조한 목소리가 천장의 그림자를 타고 란 뒤에 내려섰다.

그리고 란은 뒤를 돌아보려 함과 동시에 목이 잘려 죽었다.

억울한 듯 눈을 감지 못한 란에게서 상당한 마력과 영력이 흘러 들어왔다.

쉐에에에엑!

마법을 만끽할 여유는 없었다.

날카로운 파공성을 따라 검을 움직였다.

쾅!

페르노크의 검이 창잡이의 꿰뚫기를 견디지 못하고 부서졌다.

흩날리는 검편 너머에서 창잡이는 고요한 눈으로 페르노크를 응시했다.

'왜지?'

승리에 취한 검사는 허점을 드러내기 마련이다.

란을 죽인 페르노크 또한 찰나에 희열을 보였다.

창잡이는 빈틈을 노렸고 예상대로 페르노크의 빈약한 검을 부쉈다.

하지만 페르노크는 여전히 무심했다. 당황하지 않고 주먹을 말아 그대로 앞에 내질렀다.

쾅!

"……!"

오히려 창잡이가 경악했다.

창대로 주먹을 흘림과 동시에 창날로 페르노크의 심장을 찌르려 했던 공방일체의 기술이 주먹질 한 방에 무위로 돌아갔다.

'이 무슨 힘이……!'

쇳덩이가 후려치는 듯했다.

VIP 선수들 중 누구도 이만한 괴력을 선보인 자는 없었다.

'대체 뭐야?'

가속 마법이라고 들었건만, 갑자기 그림자를 타더니, 한술 더 떠서 창잡이를 날려 버릴 만큼의 괴력까지 자랑한다.

아무리 생각을 멈추려 해도 변화무쌍한 페르노크의 모습 때문에 머리가 혼란스러워졌다.

'이놈의 마법이 뭐냐고!'

창잡이가 땅에 착지하기 무섭게 페르노크가 빙판을 타고 하단에서 솟구쳤다.

턱을 뒤로 젖혀 간신히 피하니, 페르노크가 지면을 박차고 허공에 떠올라 공중제비를 돌았다.

탄력을 가미한 뒷발이 떨어져 내리기 무섭게 창잡이가 정수리 위로 창대를 올렸다.

콰득!

머리 위를 막은 것이 실수였다.

창대를 들어 올린 자세 그대로 창잡이의 발목이 지면에 파묻혔다.

허벅지가 터져 나갈 것처럼 부풀어 오르며, 부하를 견디지 못한 무릎이 부서졌다.

"내 장기를 검술로 여기더군. 난 권각술을 좋아하는데 말이야."

마법이 아닌 체술을 신경 썼어야 했다. 그렇게 꾸짖는 듯한 페르노크가 발목을 살짝 틀자, 창잡이의 균형이 허물어졌다.

재차 자세를 잡을 여유는 주지 않았다.

창잡이가 창을 회수하려 함과 동시에 페르노크의 손날이 그 목을 꿰뚫었다.

"끄르륵……."

굵직한 피를 토해 내며 창잡이가 쓰러졌다.

그 마력과 영력을 흡수하자 동화율이 뚜렷한 변화를 보였다.

동화율 - 7%

영력이 증가한 덕분에 관찰안의 지속시간이 2초 늘어났다.

하지만 포식은 아직 끝나지 않았다.

"사, 살려 줘!"

"막아!"

"모든 간수들을 이곳에 투입시켜!"

페르노크가 모든 출구를 궁수의 마법으로 얼려 버리고, 아비규환이 된 전장 속으로 유유히 발걸음을 옮겼다.

* * *

마력강체술은 난전에 더 큰 위력을 발휘한다.

"마, 막아…… 컥!"

몬스터에게 한눈을 판 저레벨 마법사를 죽이고 튀어나온 영력을 흡수한다.

미약한 마력이 마법과 함께 흘러 들어온다.

마력이 회복되기 무섭게 마법을 사용한다.

마력은 다시 소모되었지만 상관없다.

마법사를 죽여 갈취하면 그만이었다.

'역시, 몸이 피로해지는군.'

다만, 마력이 쉬지 않고 순환되는 만큼 육체가 과열된다는 문제점이 발생한다.

'높아지는 동화율을 견디려면 마력과 육체가 조화되도록 만들어야 한다.'

전투가 지속될 때마다 페르노크는 머리로만 생각했던 문제점들을 파악했다.

지금 당장 해결할 수 있는 문제와 추후에 보완할 점들을 빠르게 나누며 통로를 돌파했다.

'육체가 과부하 되기 전에 놈들을 죽인다.'

이대로 탈출해도 상관없지만, 페르노크는 최대한 많은 마법사를 포식하여 추후를 위한 포석을 다질 생각이었다.

"15호가 저기 있다!"

"대형을 유지해!"

이곳에 신경 쓸 실력자가 없다고 판단된 순간, 페르노크는 포탄처럼 날아, 간수들의 한복판을 들이박았다.

간수들의 방벽이 깨지자 기다렸다는 듯 몬스터들이 달려들었다.

살점과 피가 난무하는 전장으로 페르노크가 손날을 세우자 중형 몬스터 둘이 반으로 갈라져 쓰러졌다.

몬스터들의 시선이 페르노크에게 집중되었지만, 마력은 시들지 않는다.

인간이든 몬스터든 이곳에서 페르노크를 적대하는 모든 것들은 영력을 위한 양식일 뿐이다.

"크아아아아!"

영악한 몬스터들은 페르노크가 간수들을 몰아칠 때는 덤비지 않았다.

하지만 그가 본격적으로 몬스터까지 치기 시작하면 얘기가 달라진다.

몬스터들은 본능적으로 가장 위협적인 대상을 노린다.

이족보행 몬스터들이 쇠무기를 들고 페르노크에게 돌진했다.

하늘에서 비행형 몬스터가 낙하했고, 저레벨 마법사들이 후방에서 원소 마법을 날렸다.

페르노크가 신경 쓸 가치도 없었다.

마력을 극대화시킨 몸으로 원소 마법을 막아 내고, 달려든 몬스터의 아가리를 두 손으로 찢어발겼다.

도망치는 놈은 쫓아가 후두를 으깼으며, 무기를 빼앗아 베고, 자르고, 짓뭉개기를 20분.

"하하하하하!"

사방에서 솟구치는 영력이 페르노크의 희열을 자극했다.

피와 혼이 날뛰는 이 전장.

비로소 살아 있음을 실감했다.

* * *

'빌어먹을! 빌어먹을!'

관리자가 가면을 벗어 던졌다. VIP들과 안전 구역으로 도망치면서도 상황을 믿을 수 없었다.

'대체 뭐야!'

페르노크가 철인을 단칼에 베어 버리고, 제압하러 들어온 간수장마저 힘도 못 쓰고 죽은 광경이 눈에 선하다.

자신처럼 4레벨에 해당되는 마법사여야 가능한 신위였다.

'몬스터들까지 쏟아졌어. 지하 감옥이 뚫렸단 얘긴데, 토벌전이나 데스 매치 치를 놈들까지 전부 탈출했다면?'

이 모든 것들 중 하나라도 투기장을 벗어나 성으로 들어가는 순간 골치가 아파진다.

"괜찮습니다. 영주님은 이해해 주실 거예요."

은밀한 목소리가 파고들었다.

누구인지 안 봐도 뻔했다.

"후우, 드로 경. 이 상황은……."

"압니다. 실수는 누구나 할 수 있죠. 그럴 때를 대비한 '우리' 아닙니까."

VIP의 호위로 따라온 이 젊은 남자는 후작령의 기사단 원이다.

영주가 암시장을 허가한 대신, 서로 협력하자며 뿌려 둔 심부름꾼 같은 존재였다.

"VIP들을 안전한 곳으로 모신 뒤에 제가 처리하겠습니다."

"페르노크는 VIP의 선수들이 처리했을 겁니다."

"관리자님도 그의 수준을 보셨으면서 마음에 없는 소리를 하시는군요."

드로도 자신과 같은 4레벨 마법사.

기사단에 뽑히지도 못할 실력이었지만 그에겐 특별한 점이 있다.

안티 매직.

그는 동급이거나 그보다 낮은 마법사를 무효화시킬 수 있다.

처음 방패만 한 크기에서 시작되었던 마법이 이젠 10m 가량의 필드로 확장되었다.

이 영역에 들어선 마법사들은 마법이 발동되지 않는 이유도 모른 채 드로에게 죽어 나갔다.

"그놈은 강합니다. 하지만 그만한 검술을 발휘하는 것도 전부 마법 덕분입니다. 제 마법으로 놈의 '가속'을 지워 버리고 체급으로 밀어붙이면 말라비틀어진 몸뚱어리 따위 쉽게 뜯어낼 수 있습니다."

"놈은 철인을 꿰뚫었소."

어쩌면 자신들이 지금까지 페르노크의 마법을 오인했을지도 모른다는 우려를 표했다.

하지만 드로는 피식 웃으며 느긋하게 답했다.

"가속이 아닐 수도 있겠죠. 단순한 근력 증강 마법으로 가속처럼 꾸미고 철인을 죽일 만한 힘을 터트렸을 가능성이 있습니다. 하지만 그 모든 것들은 결국 마법일 뿐입니다. 마법이 없는 일반인은 제 무력을 감당하지 못합니다."

드로는 안티 매직과 더불어 타고난 검술 실력을 자랑했다.

후작령에서 그와 검술로 맞상대할 수 있는 사람은 기사단장과 부단장, 둘뿐이었다.

"그럼 믿고 부탁드리겠소."

"우리 사이에 너무 딱딱한 거 아닙니까. 긴장하지 마세요. 예상치 못한 사고가 터졌지만, 그놈만 처리하고 성에 뒷수습을 부탁해 보죠. 겸사겸사 제 이름도 같이 불러 주면 좋고요. 하하하."

드로의 눈이 초승달처럼 휘어지는 것을 보자 관리자는 속이 뒤틀렸다.

'또 얼마나 뜯어 갈지 상상만 해도 끔찍하군.'

드로는 재능에 걸맞지 않게 욕심을 탐하는 자였다. 하지만 지금은 고사리손이라도 빌리고 싶은 심정이다.

드로에게 어떤 대가를 지불하는 한이 있더라도 급한 불부터 꺼야 했다.

"저곳에서 VIP들을 보호하고 있겠소."

"바로 정리하고 돌아오죠."

드로가 자신감 넘치게 돌아서고, 관리자는 VIP들과 안전 구역에 들어갔다.

고풍스러운 테이블에 온갖 술이 가득 채워진 휴식처였다.

"밖으로 나가는 게 아니었소?"

"출구는 반대편입니다. 한데, 그곳은 몬스터와 15호가 막아 버렸죠."

"내 선수가 그놈을 죽였을 거요!"

"내 선수도요!"

"오히려 놈의 손에 죽었을 겁니다."

"뭐요?"

"간수장이 제대로 저항도 못 하고 죽었습니다. 놈은 최소 3레벨 이상입니다."

관리자의 덤덤한 평가에 VIP들이 길길이 날뛴다.

"고작 2레벨이라고 하지 않았소!"

"저도 믿기지 않습니다. 분명, 토벌전을 치를 때만 해도 놈은 비실거리는 장난감에 불과했는데……."

관리자가 고개를 저었다.

"……어찌 되었건 상황은 심각하고, 페르노크는 위험한 수준에 이르렀습니다. 지금 드로 경을 보냈으니 이곳에서 잠시만 기다려 주십시오. 성에도 연락을 넣어 사태를 빠르게 진압하겠습니다."

"그런 놈 하나 제대로 못 다스리고 뭐 했던 거요!"

관리자는 당장이라도 VIP의 목을 비틀어 버리고 싶었지만, 꾹 눌러 담으며 안전 구역의 작은 구멍으로 걸어갔다.

'나도 궁금하다고! 해독제가 없으면 죽어 버릴 그 애새끼가 왜 내게 대항하는지!'

치밀어 오르는 짜증을 쪽지에 담아 구멍으로 밀어 넣었다.

밖의 연락책이 쪽지를 발견하여 성에 전달하는 즉시 기사단이 들이닥친다.

기사는 그 한 명 한 명이 5레벨 이상의 고위 마법사로 구성되어 있다.

특히 6레벨에 해당하는 기사단장 혼자 나서도 상황은 쉽게 정리될 것이다.

'네놈의 시체는 갈가리 찢어 개돼지의 밥으로 던져 버릴 거다, 이 망할 애새끼야.'

관리자는 페르노크가 드로에게 정리당할 거라고 믿어 의심치 않았다.

이제 남은 문제는 경기장의 혼란을 어떤 식으로 정리하는지 뿐이다.

"이제 곧 성에서 병력들이 파견될 겁니다."

"그것참 반가운 소리군. 한데, 내 아까운 시간과 선수들을 낭비하게 만든 대가를 어찌 치를 거요?"

"추후 만족하실 만한 보상안을 준비하겠습니다."

"기대를 충족시켜야 할 것이오."

"물론이죠. 제가 언제 VIP들을 실망시킨 적 있습니까."

관리자가 짜증을 억누르며 웃자, VIP가 콧방귀 끼며 물었다.

"그래서 드로 경은 언제 오시오?"

"지금쯤이면 다시 돌아와야 하지 않소?"

"아직, 그놈을 발견 못 한 게 아닐까요. 다들 심려치 마시고 술이나 한잔하시죠."

하지만 아무리 시간이 흘러도 드로는 돌아오지 않았다.

* * *

발소리가 통로를 가득 채웠다.

단 한 명의 존재감.

드로는 페르노크가 이곳까지 찾아왔음을 느꼈다.

'육체 강화 계열 마법사. 그 마법만 사라지면 놈은 평범한 전사에 불과하다.'

기본적인 체급이 높은 자가 체급이 낮은 자를 찍어 누르기에 병기술만 한 것도 없다.

드로가 벽에 손을 얹고 마법을 발동시켰다.

안티 매직이 발동되자 발소리가 뚝 끊겼다.

'발동되지 않는 마법에 당황하나. 그래, 다른 놈들도 그랬어. 이 영역에서 나는 왕이다!'

처음 안티 매직을 깨달은 직후, 병기술에 모든 시간을 쏟았다.

타고난 체구를 이용한 압도적인 힘으로 마법 발동이 불가능한 자들을 사냥해 왔다.

기사치곤 어울리지 않는 '학살자'의 이명을 가진 그가 통로를 달렸다.

저 멀리 주춤하는 페르노크가 보였다.

마법을 발동하지 못하는 듯 멀뚱히 서 있기만 하였다.

'내 허리까지 밖에 오지 않는 키. 몸은 잔근육이 붙은 정도. 힘과 속도로 밀어붙이면 놈을 두 동강 내고도 남는다!'

견적을 끝낸 드로가 검을 높게 들어 올렸다.

"하압!"

그리고 힘찬 기합과 함께 검을 내려찍어 보지만.

카앙!

페르노크가 가볍게 들어 올린 검에 가로막히고 말았다.

"재밌는 마법이군. 결함이 꽤 많지만, 적당히 가지고 놀 만하겠어."

"······!"

드로의 눈이 찢어질 듯 커졌다.

페르노크가 힘을 주자마자 드로의 거구가 밀려나기 시작했던 것이다.

'뭐야, 이 힘은!'

마력강체술에서 마력이 사라진다 한들 아타카는 그대로 남는다.

반면, 드로는 안티 매직 필드에서 순전히 육체의 힘으로만 병기술을 펼친다.

아타카로 다져진 전사에게 평범한 기사는 손을 섞는 것조차 모욕이다.

까앙!

"······!"

드로의 자신감은 한 수에 터져 나갔다.

검이 머리끝까지 들어 올려질 정도로 드로가 밀려난 순간.

훤히 드러난 복부를 향해 페르노크가 두 번째 횡격을 그었다.

서걱!

드로는 눈을 부릅뜬 상태로 몸이 절반으로 베여 죽었다.

페르노크가 검에 묻은 피를 털어내며 드로의 영력과 마력을 흡수했다.

[안티 매직 Lv.4]

10m에 달하는 공간을 마력이 없는 상태로 만든다.

이 영역 안에 속한 자들은 마력이 동결된다.

이제 보니 마법이 아닌 마력 자체에 개입하는 특이 계열 마법이다.

하지만 크게 의미를 두지 않았다.

어차피 자신보다 강한 자에게 사용하지 못할 결함품은 빠르게 털어 버릴 수단에 불과하다.

페르노크는 다시 차오른 마력을 몸에 두르며 두 갈래길 앞에 섰다.

그중 오른쪽으로 고개가 돌려졌다.

"저곳에 숨었나."

동화율이 오른다.

관찰안은 먼 곳까지 꿰뚫어 보기 시작한다.

* * *

시간이 지나도 돌아오지 않는 드로를 기다리며 관리자

의 여유가 사라지고 있을 때였다.

콰앙-!

두꺼운 철문이 부서졌다. 관리자가 벌떡 일어나 마력을
끌어 올렸다.

"찾느라, 좀 헤맸어."

부서진 철문을 넘어 온몸에 피를 칠갑한 페르노크가 모
습을 드러냈다.

그가 주위를 훑으며, 관리자 외에 탐나는 먹잇감이 없
다는 사실에 실망한 기색을 내비쳤다.

"고작 이게 전부인가."

페르노크가 검을 들어 올리자 VIP들이 경악했다.

검병에 새겨진 문양. 그것은 팔키온 후작령을 상징하는
기사단의 검.

드로의 분신 같은 애병이었다.

"드, 드로 경은 어디에……!"

VIP가 당황해서 내뱉는 말에 페르노크가 씨익 웃었다.

"아, 이거?"

페르노크가 벽에 손을 붙였다. 아무 일도 일어나지 않
자 VIP들은 의아한 표정을 지었다. 하지만 관리자의 얼
굴은 딱딱하게 굳었다.

'마법이 발동되지 않아. 이건…….'

마치, 드로의 안티 매직처럼 몸 안의 마력이 쭉 빠져나
간다.

이 사람들 사이에서 유일한 마법사였기에 내부를 감도는 특별한 변화를 눈치챘다.

"저놈을 죽이러 간 우리 선수들은 어디 있어!"

"어떻게 해 보시오, 관리자!"

마음 같아선 관리자도 페르노크의 목을 치고 싶다. 하지만 그는 전형적인 마법사다.

간단한 호신술 말곤 전문적인 체술조차 배우지 않았다.

마법이 발동되지 않는 지금 평범한 사람들보다 힘이 조금 좋은 중년인에 불과하다.

'안티 매직 도구는 들어 보지도 못했다. 그럼 이건 놈의 마법이야. 하지만 페르노크의 마법은 가속이 아니었나? 철인을 꿰뚫을 때도 뭔가를 빠르게 휘둘렀어. 그게 놈의 능력이어야 정상인데…….'

관리자가 어지러운 생각을 떨쳐 내려는 듯 마지막 허세를 부렸다.

"곧 기사단이 도착한다! 지금이라도 항복하면 선처를 고려해 주마."

"그렇게 발악한 기사는 내 손에 추하게 죽었지."

드로의 죽음이 확실시되자 사람들은 침묵했다.

오한이 등줄기를 타고 올라와 마침내 현실을 자각시킨 것이다.

"네놈들은……."

페르노크가 VIP들을 훑어보았다.

시선이 마주친 자들은 모두 어깨를 흠칫 떨었다.

'먹어 봐야 영양가도 없고, 죽이자니 재산과 권한이 아까워.'

이들을 조종할 수단이 없다.

애석하게도 이곳에서 빼앗은 마법 대부분이 상대를 죽이는 것뿐이었다.

'관리자의 독을 먹인다 해도 소용없겠지. VIP라고 했으니 그 재력으로 해독 방법을 찾으면 그만이니까.'

한 달이란 넉넉한 시간이 주어지는 독으로 이들을 구속하진 못한다.

분명 다른 마음을 품고 페르노크 몰래 독을 해독해서 뒤통수를 칠 가능성이 높았다.

이들에게 무언가를 얻어 내려면 지상으로 가야 하는데, 그곳은 VIP들의 세상이다. 지금의 페르노크 정도는 곧바로 죽여 버릴 수 있었다.

"……쓸모없군."

페르노크는 다루지 못하는 것에 미련을 두지 않았다.

그의 손이 매정하게 움직이자 비명이 터져 나오기도 전에 VIP들은 목이 잘렸다.

눈 감지 못한 목들이 바닥을 굴러다니는 모습에 관리자는 전율하고 말았다.

'어떻게 이놈만 마법을 사용할 수 있냔 말이다!'

페르노크의 아타카를 모르는 관리자만 초조하게 발을

동동 굴렀다.

"거, 거래하자!"

"네 목숨과 비교할 게 남아 있어?"

"해독 방법!"

"그건 기본이지. 거래라기엔 굉장히 조졸하군."

"해, 해독하지 않으면 넌 다음 달에 죽어!"

"대신, 너도 지금 죽는다."

페르노크가 VIP의 호신용 검을 뽑아 높이 들어 올렸다.

"돈도 줄게! 난 VIP들보다 많은 보석을 가지고 있어!"

"어디 있는데?"

"날 살려 주면 모두 얘기해 주마!"

"아직도 네가 정신을 못 차렸구나."

페르노크가 가까이 다가가자, 관리자가 비명처럼 소리
질렀다.

"밖이야! 밖에 있어어어!"

페르노크의 관찰안이 발동되었다.

'이곳에 있군.'

거짓말을 하는 상대의 특징은 내면에서 가장 잘 드러난
다.

특정 단어에 맞춰 심장이 특이하게 뛰거나 조여진다.

지금의 관리자처럼.

"네가 안전한 곳을 두고 밖에 숨겼다고?"

"그래. 내가 아니면 절대 못 찾아!"

"웃기지도 않네. 네 독사 같은 성격에 아끼는 보물을 둥지에 품지 밖으로 빼돌렸다? 서재에 두고 거짓말하는 거 아니야?"

"서재엔 없어! 내 목숨이 더 중요한데, 지금 거짓말이나 치게 생겼냐고!"

이번에도 거짓이다.

'서재인가.'

페르노크가 관리자 목덜미에 검을 붙였다.

"고작 보물뿐인가?"

"워, 원하는 건 다 있어!"

그 자신감은 진실이다.

페르노크가 관찰안을 거두며 피식 웃었다.

"배짱 하난 두둑하네."

"어?"

"밖으로 날 보내면 기사단하고 합류해서 죽여 버리려고?"

"아, 아니야. 내가 왜 그런⋯⋯."

페르노크가 검을 그어 버리려 하자, 관리자는 몸을 앞으로 들이댔다.

페르노크가 그의 복부를 무릎으로 올려 찍었다.

"우욱!"

몸을 반으로 접고 신물을 토해 내는 그 등에 검을 꽂았다.

관리자가 발악하듯 소리쳤다.

"너도 죽을 거야! 팔다리가 사방으로 찢겨⋯⋯!"

페르노크가 검을 뽑아 관리자의 목을 쳤다. 관리자는 눈을 부릅뜬 상태로 쓰러졌다.

발치 앞으로 굴어온 잘린 목에는 집념 어린 눈동자가 형형했다.

마법을 흡수하고 왜 그토록 억울해했는지 알 수 있었다.

[독무 Lv.4]

20m까지 뻗어 나가는 독 연기가 생성한다.

관리자가 계속 상황만 주시한 이유였다.

독무는 특이하게도 시전자가 조절하지 못하는 마법이었다.

이 좁은 공간이나 경기장에서 독무를 퍼트렸다간 아군까지 함께 죽었을 테니, 관리자도 섣부르게 마법을 사용하지 못했다.

결과적으로 살상력 높은 마법이 도리어 그의 발목을 붙잡은 것이다.

"관리자님!"

"VIP들께서 이곳에 계신다!"

페르노크를 잡기 위해 퍼트렸던 선수 몇 명과 간수들이 달려왔다.

페르노크는 독무를 밖에 퍼트림과 동시에 문을 닫았다.

외부와 완전히 차단된 내부로 어떤 소리조차 들려오지 않았다.

페르노크가 적당한 시간을 재고 밖으로 나오니, 처참한 표정으로 괴로워하다가 죽은 시신들이 널려 있었다.

동화율 - 9%

그들의 마력과 영력을 흡수하자 예상한 수치를 훌쩍 뛰어넘은 동화율 상승으로 이어졌다.

비로소 강해졌다는 체감이 들기 시작했으나 페르노크는 여기서 멈출 생각이 없었다.

기사단이 도착하기 전에 관리자가 불법으로 쌓아 올린 막대한 금은보화를 챙겨야 했다.

* * *

몬스터들이 사라진 세상에 탈출자들이 넘쳐흘렀다.

"우리가 살았어!"

"관리자는 어디 갔어!"

"간수장 이 새끼 찾아! 남은 놈들도 찾아서 죽여!"

페르노크는 광기로 가득한 집단을 지나쳐 야크에게 다

가갔다.

야크는 피투성이가 된 페르노크를 보며 펄쩍 뛰었다.

"자네! 어떻게 그런 부상을 입고……."

"내 피 아니야."

"응?"

"몬스터랑 관리자. 이것저것 섞였어."

야크가 태연한 페르노크를 괴물처럼 바라보았다.

"그, 그랬군. 정말 대단하네."

"사람들은 저게 전부야?"

"얼추 100명은 넘을 거야. 그런데 저들을 이리 놔두고 떠나도 되나?"

"감옥에서 꺼내 줬고 선수들까지 정리해 줬어. 탈출은 어렵지 않겠지. 그보다 우리 일이나 신경 쓰자고."

"더 할 게 남아 있나?"

"노력한 대가를 받아야지."

페르노크가 손바닥을 허공에 털자 마력이 나침반처럼 눈앞에 다듬어졌다.

[탐색 Lv.1]
금속을 감지한다.

간수들을 죽이다가 우연히 얻은 마법이다.

간수들이 선수들의 암기를 찾아내는 데 사용하지 않았

을까, 짐작되는 이 마법은 놀랍도록 페르노크의 이해관계와 맞아떨어졌다.

"이게 뭔가?"

"우리를 금빛으로 인도해 줄 신의 계시."

페르노크가 의아해하는 야크를 데리고 피비린내 나는 복도를 걸었다.

나침반이 시체가 남긴 무기를 감지하여 핑그르르 돌기 시작했다.

정상적으로 작동하는 마법에 고개를 끄덕이며 페르노크가 기억을 더듬었다.

'이쯤이었나.'

4연승을 달성할 때였다.

관리자가 페르노크를 밀실이 아닌 다른 곳으로 초대했다.

"아무리 그러셔도 서재는…….."

"뭐, 어때. 이젠 이놈은 우리 식구야."

만류하는 간수장을 뿌리치고 관리자는 서재에서 페르노크와 술을 마셨다.

독도 먹였고, 페르노크도 열심히 싸우니 말을 잘 듣는 애완견에게 내리는 포상 정도로 여긴 덕분이었다.

당시 탈출 계획을 짜던 페르노크는 서재의 위치를 눈여겨봤었다.

"여기인데……."

페르노크가 문을 열었다.

서재는 한바탕 폭풍이 휩쓸고 지나간 듯 사람과 몬스터의 피가 뒤섞여 있었다.

"이곳이 어딘가?"

"관리자의 서재."

"이곳은 왜……?"

"있군."

나침반이 정면을 가리킨 상태에서 움직이지 않는다.

페르노크가 천천히 벽 앞으로 걸어갔다.

손등으로 벽을 가볍게 두드려 안쪽을 확인하려는 그때, 나침반이 책상 밑을 가리켰다.

페르노크가 씨익 웃으며 발을 세게 굴렸다.

지면의 소리가 위로 반사되었다.

벽처럼 단단하게 꽉 채워진 소리가 아니라 어딘가 빈 듯 어설픈 소리가 들려왔다.

나침반이 아니었다면 결코 찾아내지 못했을 정도로 미약한 차이.

페르노크가 마력강체술을 모조리 주먹에 집중시켰다.

여기에 주먹을 단단하게 만드는 저레벨 마법까지 섞어 그대로 바닥을 내리찍었다.

까아아앙!

철과 철이 부딪치는 굉음이 울려 퍼졌다.

야크가 기겁하며 물러난 그때, 서재 밑바닥에 감춰진 철판이 모습을 드러냈다.

주먹 자국이 선명한 철판을 다시 한번 찢어발기니 아래로 내려가는 계단이 나타났다.

나침반이 그 안으로 쑥 침투했다.

"따라와."

페르노크와 야크가 서둘러 계단을 내려갔다.

제법 깊은 곳까지 내려왔다 싶은 순간 그들은 태양처럼 밝은 빛에 휩싸였다.

"와……."

야크의 넋 나간 소리가 공간에 메아리쳤다.

감옥 여러 개 붙여 놓은 듯한 크기의 공간.

그 안에 보물이 산더미처럼 쌓여 있었다.

5장. **기사의 영광**

기사의 영광

"맙소사."

야크가 입을 쩍 벌렸다. 꿈에서도 보지 못한 보물산이 눈앞에 펼쳐졌다.

'이만한 보물을 모으기 위해 대체 얼마나 많은 사람을 죽여 왔던 거지.'

페르노크가 주위를 쓱 훑으며 야크에게 물었다.

"이곳의 영주가 바뀐 지 20년쯤 됐다고 했었나?"

"아마, 그쯤일걸세."

"투기장으로 최소 20년은 해 처먹었다는 소리로군."

"혹시 영주의 비자금이라도 되는 게 아닐까?"

"서재 밑에 다른 사람의 비자금을 왜 숨겨 둬. 이건 관리자의 돈이야."

야크가 침을 꼴깍 삼키며 물었다.

"이걸 어떻게 처리하지?"

"밖으로 옮기거나 은폐해야지."

"사람들을 부를까? 조금 나눠 주면서 도와 달라고 부탁하면……."

"얼빠진 소리 하지 마. 세상 사람들이 영감처럼 순박한 줄 알아? 분명 보물 가져가겠다고 우리한테 칼을 겨눌 거야."

"하지만 우리가 그들을 탈출시켜 줬잖아."

"욕망 앞에서 변질되는 놈들이 수두룩해. 은혜는 무슨, 보물 내놓으라며 무력시위를 하지 않으면 다행이지."

"그럼 이걸 우리 둘이 옮긴단 말인가?"

야크가 막막하다는 표정을 지을 때, 페르노크는 보물산 주위를 돌아다니고 있었다.

"이상하지 않아?"

"뭐가?"

"이 중엔 서재 입구로 가져오기 어려운 보물들이 있어. 이를테면, 저 벽에 세워진 석상이라든가."

그제야 야크는 페르노크가 지적한 의아함을 발견하곤 고개를 끄덕였다.

"투기장은 언젠가 실체가 드러날 곳이야. 이곳 영주는 몰라도 누군가 트집 잡고 들이닥칠 수 있지. 관리자는 분명 이 비밀스러운 공간이 들킬 걸 예상했을 거야. 눈 뜨고 보물을 뺏기지 않으려면 여분의 통로를 더 만들어야 해."

"혹 탈출로가 있다는 건가?"

"저만한 석상을 옮길 정도의 통로가 분명히 있어."

"한 번 찾아보겠네!"

"영감은 오른쪽을 샅샅이 뒤져."

페르노크와 야크가 정확히 반을 갈라 탈출구를 수색하기 시작했다.

벽을 만지며 꼼꼼히 돌아다니고 있을 때였다.

휘이잉.

진열된 갑옷들 사이에서 휘파람 같은 소리가 들렸다.

페르노크가 갑옷을 치우자 다른 곳보다 살짝 연한 색의 벽이 나타났다.

갑옷 두세 개가 한 번에 들어가도 충분히 넉넉할 만한 크기였다.

페르노크가 벽을 훑어 내려가자 열쇠 구멍처럼 보이는 작은 홈이 보였다.

그 홈을 따라 바닥까지 가는 선이 그어져 있었다.

'보물을 한 번에 이동시킬 수단?'

이곳의 바닥 전체를 탈출로처럼 바꿀 수단이 있을지도 모른다고 생각한 그때였다.

"이보게! 여기 뭔가 있네!"

야크가 무언가를 가리키며 크게 소리 질렀다.

페르노크가 근처로 다가가 살펴보았다.

휘황찬란한 보물 사이에서 유독 밋밋하여 쉽게 지나치기 쉬운 금고였다.

열쇠를 넣는 홈도 없어서 어떤 방식으로 열어야 할지 알 수 없었다.

"흠……."

금고를 두드려 보던 페르노크가 이내 고개를 끄덕이며 야크를 옆으로 물렸다.

그리고 금고의 테두리만 부술 정도로 마력을 조절하여 옆면을 주먹으로 후려쳤다.

쾅!

금고 옆이 깨지며 다양한 물건이 흘러나왔다.

'위조 신분패와 당장 사용할 수 있는 금화 주머니 그리고…… 장부.'

두툼한 책자에는 누구에게 얼마를 상납했는지 적나라하게 적혀 있었다.

관리자와 영주가 얼마나 깊은 관계를 맺고 있는지 단숨에 파악되었다.

'영주에게 많은 돈을 바치고 있었군. VIP들은 이름난 대지주거나 무역상, 노예 상인도 있고…… 각지에서 찾아온 다양한 놈들이 수두룩해.'

후일 왕국을 접수하고 돈이 필요할 때, 이자들의 치부를 들춰서 그 가문을 협박한다면?

'당장은 쓰기 어렵지만, 세력을 만든 뒤에 활용하기 좋

겠어.'

페르노크는 이곳의 어떤 보물들보다 가치 있는 장부를 품에 집어넣었다. 그리고 신분패, 금화 주머니와 녹슬어 보이는 열쇠를 챙겼다.

"출구는 저쪽이야."

페르노크가 열쇠를 홈에 맞춰 끼우고 시계 방향으로 돌렸다.

덜컥, 크그그긍!

태엽이 맞물리는 듯 기분 좋은 소리가 벽을 안으로 밀었다.

"이것 좀 보게."

바로 옆 바닥에 은색 봉 하나가 박혀 있었다.

그것이 바닥의 실선과 이어진 모습을 확인한 페르노크가 고개를 끄덕였다.

"잠깐, 기다리고 있어."

무언가 떠오른 듯 홀로 긴 출구를 걸었다.

야크의 숨소리만 들릴 정도로 긴 시간이 흘렀을 때였다.

돌아온 페르노크가 갑자기 계단으로 향했다.

"그곳이 출구가 아니었나?"

"출구 맞아. 그런데 일단 이곳은 다 막아 버리려고."

"왜……?"

야크의 목소리가 굉음에 파묻혔다.

페르노크가 서재에 올라가 주변을 부숴 버리고 철판으로 내려오는 입구를 닫았다.

그것도 모자라 계단을 붕괴시키고, 무너진 천장의 잔해로 이곳까지 내려오는 입구마저 막아 버렸다.

"이제 아무도 여길 못 들어오겠지."

페르노크가 후련한 표정으로 몸을 돌렸다.

의아한 야크가 멀뚱히 서 있자 피식 웃으며 출구로 들어갔다.

"관리자는 역시 영악해. 이곳의 보물을 한 번에 밖으로 빼돌릴 수단을 만들어 놨거든."

"수단?"

"출구 끝에 재미난 곳이 있어. 저 봉을 뽑거나 당기는 순간 밑바닥이 열리고 보물들은 한꺼번에 그곳으로 이동할 거야."

"아!"

야크는 그제야 페르노크의 행동을 이해했다.

이곳의 비밀을 아는 사람은 이제 페르노크와 야크뿐이다.

심지어 여기로 내려오는 계단까지 부수고 그곳을 잔해로 채워 넣었으니, 설령 기사단이 찾아온다 해도 들킬 염려가 없다.

굳이 밖으로 옮기지 않더라도 페르노크가 마음대로 사용할 수 있는 보물창고가 된 셈이다.

"괜찮은 보석 몇 개만 챙겨서 나가자고. 되도록 부피가 작은 것들만 주머니에 챙겨."

"액세서리류 말인가?"

"그래. 큰 보석은 눈에 띄어 봐야 좋을 게 없어. 당장 돈이 궁한 것도 아니니, 괜히 욕심부리지 마."

"알겠네."

야크가 보자기를 쭉 찢어 작은 주머니를 만들어 반지나 팔찌, 목걸이 같은 액세서리들을 담았다.

속바지에 주머니를 넣자 느껴지는 묵직한 중량감이 그렇게 흐뭇할 수 없었다.

"쭉 걸어가."

페르노크와 야크는 탈출구를 따라 걸었다.

무릎이 뻐근하다고 생각될 즈음 밝은 빛이 드리웠다.

빛을 따라 밖으로 나오자 저 멀리 후작령이 한눈에 보였다.

"세상에…… 우리가 지금까지 산 안에 있었단 말인가?"

페르노크도 놀랍긴 마찬가지였다.

드넓은 산맥의 한 귀퉁이를 파내서 투기장을 만들고 그 지하에 연달아 감옥 같은 공간을 지었다.

웬만한 건축 기술로는 엄두도 못 내는 설계였다.

적어도 페르노크가 살았던 시대보다 월등히 좋은 기술이었다.

'이게 새로운 세상인가.'

명계에서 셀 수도 없이 오랜 시간을 보내고 마침내 맞

이한 햇살.

청아한 향이 코끝을 간질이며, 부드러운 바람이 살결을 스친다.

페르노크의 입가에 기분 좋은 미소가 걸릴 때였다.

"성에서 기사단이 나오고 있네!"

성문을 뛰쳐나오는 일단의 군마들을 보자마자 페르노크가 출구에 손을 얹고 마법을 발동했다.

[접합 Lv.2]
손에 닿은 물체를 서로 끌어당긴다.

출구 벽이 길쭉하게 늘어나 가운데로 합쳐졌다.

약간의 이음새가 있지만, 자세히 살피지 않으면 모를 정도로 은밀했다.

"이제 비밀 창고로 향하는 입구는 우리 둘만 아는 거야."

그게 무슨 뜻인지 아느냐는 듯 은근한 협박을 담아 물어 오자 야크가 씁쓸하게 웃으며 말했다.

"내가 자네에게 목숨까지 구원받았는데, 다른 마음을 품겠는가?"

"자기가 구해 준 사람한테 찔려 본 적 있어?"

야크가 고개를 젓자, 페르노크가 피식 웃었다.

"난 그 뒤로 사람을 안 믿어."

"그럼 나는 왜 구해 줬나?"

"그때, 나를 돌봐 준 대가야."

"자네는 참 알다가도 모르겠군. 인정이 없는 듯하면서 세심하게 신경 쓰는 것 같고…….

야크가 고개를 저었다.

"……아닐세. 그런데 이제 어디로 갈 텐가?"

"영감은 따로 집이 있나?"

"나 같은 떠돌이야 발길 닿는 곳이 집이지."

"그럼 오래된 역사를 기록해 두거나 찾는, 그런 종류의 장소를 들어 봤어?"

"역사? 으음…… 혹 도서관을 말하는 건가?"

"도서관?"

"책들이 많네. 평범한 사람들은 입장료 내기도 빠듯해서 구경만 하는 곳이지."

"기록물들도 많나?"

"규모가 큰 곳을 원한다면…… 아!"

무언가 떠오른 듯 야크가 웃으며 말했다.

"르젠 왕국에 아주 유명한 도서관이 있네. 직접 들어가 보지 않았네만, 책이 탑처럼 쌓여 있다고 하지. 게다가 근방엔 역사 협회가 있어. 고고학 협회도 생겼다지."

페르노크가 눈을 빛냈다.

"르젠 왕국까지 가는 길을 알고 있어?"

"허허허, 남쪽 국경만 넘으면 바로 키잔이야. 여기서 도서관까지 대략 3달쯤 잡으면 되겠군. 말을 타면 더 일

기사의 영광 〈191〉

찍 도착할지도 모르지."

페르노크가 위조 신분패 하나를 야크에게 건넸다.

"이걸로 이동하자고. 중간에 말도 빌리면서 말이야."

                    *   *   *

야크는 세상을 떠돌아다녔다는 말을 증명하듯, 신분패
를 적절히 활용하며, 여행에 필요한 것들을 준비했다.

페르노크는 틈틈이 마력강체술을 연마하며 삶이 가져
다주는 환희를 만끽하고 있었다.

그가 살았던 시대와는 많은 것이 바뀌어서 발길 닿는
모든 곳이 새로웠다.

야크의 설명만으론 알 수 없었던 사람들이 머무는 풍
경.

이 시대의 여러 건축과 예술 그리고 세상 돌아가는 모
습을 경험하며 국경을 넘었다.

다행히 일루미나 왕국과 르젠 왕국은 서로 휴전 중이라
큰 시비가 일어나진 않았다.

간혹, 페르노크의 금화를 노리고 달려든 얼빠진 놈들이
있었으나, 아주 조용히 처리하며 베히나 공작령에 들어
섰다.

문화가 번성한 르젠 왕국에서도 유독 예술가들이 모여
드는 영지답게 다양한 건축물과 석상들이 즐비했다.

곳곳에서 음유 시인의 노래가 흘러나왔고, 새가 조각된 분수 주위에는 아이들이 뛰어놀고 있었다.

페르노크는 평화로운 오후를 둘러보며 공작령 깊숙이 들어갔다.

저 멀리 높게 세워진 탑 주위로 다양한 협회의 건물이 세워져 있었다.

"뾰족한 건물이 보이는가."

"저 탑 같은 것 말이야?"

"그래. 그게 베히나 도서관이라 불리는 지식의 보고일세. 성황국의 기록관과 비교해도 뒤떨어지지 않을 걸세."

"입장 권한이 따로 있다고 들었는데."

"돈을 내고 회원증을 발급받아야 하네. 그게 만만치 않지만, 우리야 여유롭지."

이곳까지 오는 길에 보석점을 들러 틈틈이 비싼 장신구를 현금화했다.

베히나 공작령에서 장사를 시작하고도 남을 만한 금화가 품에 들어 있으니, 그 묵직함에 마음이 여유로웠다.

"저 역사 학회에서 회원증을 만들면 되네."

"역사 협회 반대편에 있는 건물은 뭐지?"

"아, 저들은 고고학 협회야. 역사 협회가 오래된 역사를 정리하고 기록해서 도서관에 전달한다면, 고고학 협회는 그 기록을 바탕으로 잊힌 유물들을 발굴하지."

"노점상들은?"

"노점상은 고고학 협회원들이고, 연구를 위해 골동품을 판다고 들었네. 그리고 그 옆에 작은 건물들은 유명한 상단들의 분점이야."

"상단?"

"간혹 좋은 유물들이 흘러 들어오면 누구보다 빠르게 매입하려 하지. 게다가 도서관은 각지에서 사람들이 모여드는 곳이네. 장사하기 좋단 말이지."

"해 본 것처럼 얘기하는군."

야크가 어색하게 웃었다.

"돈이 필요해서 협회와 상단을 오가며 허드렛일이나 했었네. 저기 파란 지붕이 보이나. 스탈렉시아라는 곳인데 내가 저기서 일했었지. 벌써 10년도 더 됐군. 그때처럼 변함없이 깔끔해."

야크가 여전히 변함없는 거리를 페르노크와 걸었다.

역사 학회에서 20골드라는 거금을 지불하고 회원증을 발급받았다.

해가 저물어 도서관이 문을 닫는 바람에 페르노크는 주점으로 발길을 돌려야 했다.

적당한 곳에 앉아 술과 음식을 시키자 야크는 회원증 가격이 떠오르는 듯 혀를 찼다.

"10년 전엔 5골드도 안 했는데 무려 4배나 가격을 올려? 그 돈이면 2년은 놀고먹겠다. 있는 놈들이 더한다더니, 어휴."

페르노크는 돈보다 위조 신분증이 들키지 않았다는 사실이 흥미로울 뿐이었다.

"보안이 허술한가?"

"그건 잘 모르지. 나도 저 안에 들어가 보진 못했거든. 하지만 지금껏 책이 도둑맞았다는 소란 하나 없는 걸 봐선 보안이 철저하지 않겠나."

"꼼짝없이 안에서 책을 붙들고 있어야 하겠군."

"그러고 보니 자네는 왜 도서관에 비싼 돈을 주고 들어가려는 건가? 뭔가 배우고 싶다면 차라리 아카데미에 입학해. 그 실력이면 신분 하나 새로 파서 편히 입학하고도 남을 거야. 어쩌면 월반해서 바로 졸업할지도 모르겠군!"

"수업은 영감에게 받았던 것만으로도 충분해. 이곳엔 단순히 찾고 싶은 게 있을 뿐이야."

페르노크는 이곳까지 오며 들었던 소문을 떠올렸다.

"일루미나 왕이 오늘내일한다더구먼."

"그럼 누가 왕이 될지 금방 결판나겠어."

"그야 모르지. 왕위 쟁탈전은 왕이 죽고 나서 시작하지 않나. 4, 5년은 더 필요할 거야."

페르노크는 단순히 복수에서 이 여정을 끝낼 생각이 없었다.

그의 미련을 풀기 위해선 일루미나 같은 큼지막한 땅덩

어리가 필요했다.

복수도 하면서 원하는 것을 쟁취하는 방법은 '왕위 쟁탈전'을 쓸어 담는 것이다.

'지금 가진 힘으로 왕국에 쳐들어갔다간 문 앞에서 딱 죽기 좋지. 복수는커녕 아무것도 하지 못한 채 명계로 돌아가고 말 거야.'

아무리 강한 힘을 가졌어도 그걸 다스리기 위한 시간이 필요했다.

페르노크는 본격적인 왕위 쟁탈전이 시작되는 4, 5년 뒤까지 힘을 기르기로 결심했다.

본인의 실력뿐만 아니라 절대자들이 이곳에 남긴 여러 '힘'들까지 거머쥔다면 충분히 일국을 꺾고도 남으리라.

"허허허, 뭔진 모르겠지만, 원하는 걸 빨리 찾았으면 좋겠군."

"영감은 이제 어떻게 할 거야?"

"……."

야크는 그저 페르노크를 따라 무작정 찾아왔으니, 당장 떠오르는 게 없었다.

그를 도와준다는 생각이 전부여서 이후의 일은 생각조차 못 했다.

말없이 눈을 깜빡이는 야크에게 페르노크가 말했다.

"차라리 이곳에 정착해."

"정착이라…… 꿈 같은 말이군. 허허허."

야크가 일했던 10년 전보다 모든 게 배 이상 뛰었다.

떠돌이는 꿈에서도 넘보지 못할 장소였다.

씁쓸하게 웃는 야크에게 페르노크가 묵직한 주머니를 올렸다.

"틈틈이 장신구 팔면서 모아 놓은 돈이야. 집 사고 남은 건 영감 알아서 해."

"아, 아니. 이럴 필요 없네. 이건 다 자네 거야."

"여기까지 안내해 준 값이라고 생각해."

"그래도……."

"대신, 보물 창고는 잊어."

"말이라도 못하면 정말……."

경고를 가미한 신의에 야크가 웃으며 주머니를 받아 챙겼다.

"이곳에 언제까지 머물 건가?"

"원하는 걸 찾을 때까지."

"다시 볼 순 있겠지?"

"지나가다 얼굴 마주치면 인사 정도는 할게."

야크가 껄껄 웃으며 맥주잔을 올렸다.

"자네의 여정이 언제나 순탄하기를!"

두 사람의 잔이 부딪쳤다.

그날 밤이 넘어가도록 시시콜콜한 얘기를 나눴다.

그리고 다음 날, 페르노크는 연기처럼 사라졌다.

* * *

오래전, 특별한 힘이 담긴 금속으로 무기를 만들어 사용하는 나라가 있었다.

그곳은 기사의 나라로 불렸으나, 터무니없는 재앙과 함께 무너졌다.

금속과 그것을 제련하는 독특한 기술이 함께 사라졌다.

기사들의 영광은 역사 속에 묻히는 듯했다.

하지만.

[제 무덤에 미처 수습하지 못한 유품이 있습니다. 폐하께서 그것을 사용하셔도 좋으니, 한 가지 부탁만 들어주십시오.]

기사들의 왕은 죽어서도 잊지 못할 미련을 기억에 담아 페르노크에게 보냈다.

그것은 묻히지 않은 찬란한 영광이 아직 남아 있다는 강렬한 의지였다.

또한 터무니없이 오래되어 막막하다고 느껴질 정도의 역사와도 같았다.

수백 년이 지난 땅.

여러 나라가 멸망하고 태어나기를 반복하며 지형은 변화했다.

후세의 기록을 뒤진다고 하여도 그것을 찾기란 불가능에 가까웠다.

하지만 페르노크에겐 한 가지 수단이 있었다.

영혼에 각인된 기억.

그와 관련된 물건, 혈족 등 직접적인 연관성을 띠는 무언가와 접촉하면 기억이 떠오른다.

그것은 단지 추억의 향수를 불러일으키는 수준에 지나지 않으나, 그것만으로도 관련된 것들이 '진실'임을 파악할 수 있다.

페르노크이기에 가능한 방식.

그 또한 제법 시간이 걸리겠지만 기사왕의 영광은 그만한 가치가 있다.

특별한 금속 중에서도 유일했으며.

주인의 의지를 따라 자유로운 형태로 변화하고 주인과 함께 성장하는 무기.

더 퍼스트.

오직 기사왕만이 가질 수 있었던 제왕의 상징을 찾기 위해 페르노크가 잊힌 기록들이 보관된 장소에 들어섰다.

　　　　　　＊　＊　＊

　세계에서 손꼽히는 도서관답게 책들이 천장에 닿을 만큼 쌓여 있었다.

　책들을 분류해 놓은 팻말이 보였지만 그것만으론 원하는 기록을 찾기란 요원해 보였다.

　페르노크가 책을 실어 나르는 사서에게 다가갔다.

　사서가 웃는 얼굴로 페르노크를 맞이했다.

　"안녕하세요. 무슨 일이시죠?"

　"반테라스와 관련된 기록을 찾고 있다."

　"반테라스?"

　골똘히 생각하던 사서가 고개를 갸웃했다.

　"혹시 멸망한 유온 왕국을 말씀하시는 건가요?"

　"기사의 나라 반테라스."

　"혹시 세계력 몇 년도에 세워진 나라인지요?"

　"그때는 인력이라고 불렀다."

　"인력이라…… 죄송하지만 처음 들어 보는 말입니다."

　반테라스는 한때 최초의 통일 제국이 될지도 모를 정도로 강성한 세력을 자랑했다.

　아무리 재앙에 무너졌다지만 세계의 패권을 자랑했던 강국의 기록이 없다는 건 이상하다.

　'야크도 세계력을 연도로 받아들이고 있었지. 인력을

모른다면 새로운 연도를 책정할 때, 변화하는 과정을 역사적으로 의미 있게 조명했을 것이다. 하지만 모두 아무것도 모른다.'

페르노크는 자신의 접근 방법이 잘못되었던 건 아닐까 생각하며 사서에게 물었다.

"제일 오래된 역사가 기록된 곳은 어디지?"

"역사 기록물은 이쪽입니다."

사서는 2층 끝 쪽에 밀집된 책장으로 페르노크를 안내했다.

먼지 한 톨 없이 관리된 책장 속에 다양한 일대기가 채워져 있었다.

페르노크가 책들을 쓱 훑었다.

'반테라스와 관련된 기록이 없군.'

뿐만 아니라 근원이나 광휘, 페르노크가 살았던 시대에 관한 기록조차 없었다.

까마득한 역사라 할지라도 창세기와 관련된 설화 하나쯤은 있을 법한데, 이곳은 라키스 제국이 왕국이었던 시절의 이야기까지만 담고 있었다.

"책은 5권씩 빌릴 수 있고, 일주일 안에 반납해 주셔야 합니다."

사서가 가볍게 목례한 뒤 1층으로 내려갔다.

페르노크는 손가락으로 책들을 훑으며 모든 기록물을 살폈다.

영혼에 각인된 기억이 관련된 기록물에 반응할지도 모른다는 기대감이 있었지만, 그 어떠한 자극도 느낄 수 없었다.

'이곳에 내가 찾는 역사가 없다.'

수백 년 전의 역사를 담기엔 이 도서관마저 역량이 부족했던 걸까.

'라키스 제국의 수도나 성황국의 대신전에서 창세기까지의 기록을 보관한 곳이 있다고 했던가.'

야크의 말을 떠올려 보지만 이내 고개를 저었다.

두 나라는 동쪽과 서쪽의 끝에 위치한다.

가는 여정이 험난할뿐더러, 원하는 내용을 찾지 못한다면 무의미하게 시간만 소모하게 된다.

역사 기록물을 손가락으로 툭툭 건드리던 페르노크가 고개를 옆으로 돌렸다.

도서관 너머, 두 개의 건물이 눈에 띄었다.

* * *

역사 학회는 오래된 기록물을 정리해서 도서관이나 아카데미에 전한다.

어쩌면 그곳에 원하는 답이 있을지도 모른다고 생각하며 페르노크가 역사 학회에 들어섰다.

도서관 출입증을 보여 주니, 학회원이 공손하게 다가왔다.

"도서관에서 원하는 기록을 찾지 못하셨다고요?"

"인력이 표기된 역사가 없더군."

"인력이요?"

"처음 들어 보나?"

"음…… 제 권한으론 알기 어려울 것 같습니다. 머무는 곳을 알려 주신다면 교수님께 연락드려 보겠습니다."

"달빛이 머무는 여관, 203호."

페르노크는 맞은편의 고고학 협회도 찾았다.

역사 학회가 기록을 정리하는 곳이라면, 고고학 협회는 단서로 역사를 찾아가는 탐구의 집합체다.

하지만 여기서도 마땅한 대답은 얻지 못했다.

"기사의 나라? 처음 들어 보는군."

"관련된 유물도 없나?"

"라키스가 제국이 아닌 왕국이었던 최초의 시절, 기사의 나라라고 불리긴 했었지."

그러면서 낡은 철검이 보관된 장소로 페르노크를 데려갔다.

가까이서 철검의 문양까지 세세하게 살펴보는데도 기사왕의 기억은 반응하지 않는다.

'동화 속 얘기도 우스갯소리로 취급되기 마련이다. 그런데 역사를 조사하는 두 기관이 반테라스를 모른단 말인가.'

그 이전의 역사는 셀 수도 없이 까마득한 시간이라 사

라졌다 해도, 반테라스는 충분히 기록될 만한 역사다.

'이런 식으론 유물은커녕 반테라스를 찾는 것도 못 하겠군.'

반테라스는 죽은 왕을 모시기 위해 거대한 무덤을 짓는다.

왕의 유해를 따로 모시는 신하들이 있어, 설령 나라가 멸망했다 하더라도 유품과 무덤만큼은 남는다.

무덤의 구조와 함께 묻힐 유품은 왕이 즉위함과 동시에 결정한다.

기사왕이 묻힌 내부는 설계도처럼 바로 꺼내 그릴 정도로 기억에 선명하다.

하지만 그 무덤을 찾는 과정이 문제였다.

수백 년간 땅 위에는 수많은 나라가 지고 폈다.

반테라스는 흔적도 없이 사라졌으니, 그 위에 무엇이 생겨도 이상하지 않다.

'단서 하나면 충분해.'

반테라스와 관련된 무언가를 토대로 그것이 묻힌 장소를 더듬어가며 무덤의 위치를 역산할 수 있다.

'분명 반테라스는 존재한다. 너무나도 중요한 기록이라 숨겨졌을 가능성도 배제할 수 없다. 혹은 그와 관련된 유물을 가진 자가 있을지도 몰라.'

페르노크는 생각을 전환했다.

'가지고 있지만 가치를 모르거나, 사용할 줄 몰라서 숨

겨 뒀을 가능성은?'

도박이라도 하는 심정으로 페르노크가 키워드를 던졌다.

"혹 반테라스와 관련된 유물이 들어온다면 내게 말해
다오."

"반테라스?"

"이렇게 생긴 문양이 반테라스의 표식이지."

페르노크가 반테라스의 표식을 그려 역사 학회와 고고
학 협회에 똑같이 전했다.

'소문이 소문을 타고 퍼지기까지 대략 한 달 정도 필요
하겠군.'

역사 학회의 모임은 다음 달에 있다.

고고학 협회는 보름마다 유물을 들여온다.

그들의 입소문은 같은 회원들에게 전파되어 반테라스
라는 이름과 표식을 가진 자들을 자극할지도 모른다.

'아무도 오지 않는다면 기사왕은 잠시 묻어 두는 수밖에.'

아직 찾아야 할 힘은 많다.

4, 5년 뒤에 있을 왕위쟁탈전까지 숨 가쁜 여정 속에서
부디 기사왕의 무덤을 빨리 찾길 바랄 뿐이다.

* * *

페르노크는 한 달 가까이 도서관과 여관을 오가며 적당
히 시간을 보냈다.

영력과 마력을 활성화시킨 그의 머리는 한 번 본 내용을 모두 기억하는 수준까지 이르렀다.

새로운 세상의 기록을 모두 이해하는 데 필요한 시간은 그리 길지 않았다.

야크에게 얻지 못했던 부족한 내용을 정리하며 심신을 단련하길 다시 보름.

똑똑.

누군가 방문을 조심스럽게 두드렸다.

페르노크가 책을 덮고 일어나 방문을 열었다.

흰 수염이 덥수룩한 작은 체구의 중년 남자가 서 있었다.

그가 다짜고짜 손바닥만 한 종이에 그려진 표식을 보이며 물었다.

"그대가 이것을 그린 페르노크가 맞소?"

"그렇다만. 역사 학회 소속인가?"

"고고학 협회요. 한데, 생각보다 어려 보이는군……."

무언가를 확인하려는 듯한 시선에 페르노크가 피식 웃어 보였다.

"시답잖은 소리 말고 물건이나 줘."

"물건?"

"협회에서 '반테라스'와 관련된 유물이 나오면 제일 먼저 내게 보여 주기로 약속했잖아. 유물을 보여 주러 온 거 아닌가?"

그 순간, 그의 눈빛에 이채가 감돌았다.

"역시 반테라스를 알고 있군."

"……?"

"소개가 늦었소. 나는 고고학자 켈트요. 그대가 그린 표식을 보고 먼 곳에서 여기까지 달려왔소."

분명 누군가는 반테라스를 알 거라는 페르노크의 예상이 적중했다.

찾아가지 않고 찾아오게 만드는 것이 정답이었다.

"협회 소속인가?"

"그렇소. 하지만 협회에선 내가 여기까지 찾아온 걸 모를 거요. 반테라스는 어디까지나 내 개인 연구거든."

"협회는 사적인 연구에 의뢰인의 주소를 파나 보지?"

"불쾌했다면 사과하겠소. 하지만 그대도 반테라스를 찾고 있지 않소? 장담컨대, 역사 학회나 고고학 협회는 그 기록을 모를 것이오. 내가 이 위대한 발견을 토로했을 때, 모두 무시하고 헛소리로 치부했으니까."

켈트의 목소리에 온갖 서운한 감정이 뒤섞여 있었다.

"하지만 나와 같이 반테라스를 쫓는 이가 있으니, 이제 반테라스는 환상이 아닌 진실로 증명될 거라 믿소."

"반테라스에 대해서 어디까지 알고 있나?"

"나는 오래전부터 반테라스의 성지로 향하는 길을 찾고 있소. 여러 유물도 발굴했지. 여기서 얘기하기엔 좀 어려울 것 같소만?"

페르노크는 켈트의 말이 허황된 자신감일지 아닐지 확

인해 볼 가치가 있다고 느꼈다.

방 안으로 턱짓하자, 켈트가 기다렸다는 듯 들어왔다.

탁자를 사이에 두고 두 사람이 마주 보았다.

"그대는 반테라스에 대해서 어디까지 알고 있소?"

"마법사의 나라. 세계의 패권을 다투던 강대국."

그러자 켈트는 고개를 갸웃했다.

"마법사? 그럴 리가. 반테라스는 기사의 나라요."

"좋은 유물을 발굴했나 보군."

페르노크가 피식 웃자, 켈트는 자신이 시험 당했음을 깨달았다.

"설마…… 내가 장난쳤다고 생각했던 거요?"

"어느 정도의 정보를 가졌는지 확인하고 싶었어. 이곳에선 반테라스와 관련된 그 무엇도 얻지 못했으니까."

"크흠, 그거야 어쩔 수 없는 일이지. 300년 전의 기록은 대부분 소실되었으니까."

"소실? 어째서?"

"라키스가 아직 왕국이었던 시절, 대륙에 거대한 전쟁이 있었소. 그때, 수백 년 전의 역사물들이 대부분 사라졌다고 들었지."

"그럼, 과거의 기록은 찾을 수 없는 건가?"

"라키스 제국이나 성황국에 오래된 기록이 있다고 들었소. 하지만 그곳은 귀족들도 출입하기 어렵지. 우리처럼 유물을 발굴해서 진실을 더듬어 가는 수밖에 없소."

켈트가 의문을 담아 물었다.

"한데, 그대는 고고학자도 아닌 사람이 어떻게 반테라스를 알고 있는 거요?"

"전승되어 온 기록이 있다."

켈트의 눈이 휘둥그레졌다.

"기록? 어디까지!?"

"그들의 문화나 정치, 사회에 관한 것들."

"오오! 내가 찾던 게 바로 그런 것이오!"

"당신의 유물엔 쓸 만한 기록이 적혀 있나?"

"유물은 상징에 불과하오. 나는 유물에 새겨진 표식을 따라 운 좋게 반테라스가 기록된 석판을 얻었소. 그것은 성지에 관한 얘기를 담고 있었지. 이후 몇 가지 유물을 더 발굴해서 기록을 신뢰하게 되었소. 하지만 아무도 내 말을 믿지 않더군."

켈트가 강렬한 눈빛으로 페르노크를 쳐다보았다.

"난 반테라스를 반드시 증명하고 말 것이오."

"출세하고 싶어서?"

"아니. 나를 사기꾼으로 몰아가는 저들에게 진실을 보여 주고 싶은 거요!"

페르노크가 켈트의 허름한 차림새를 훑어보곤 고개를 끄덕였다.

"반테라스는 당신 혼자서 연구하고 있나?"

"그렇소. 하지만 걱정 마시오! 내가 이래 봬도 유물 발굴부터 기록 탐색까지, 협회에서 손꼽히는 사람이니까!
그래서 말인데, 그대에게 전승된 기록을 조금 보여 줄 수
있겠소?"

"당신이 찾았다는 유물부터 보고 싶군. 그래야 내가 뭘
알려 줄지 정할 수 있어."

쓸데없는 눈치 싸움을 피하고 싶다는 듯 켈트가 바로
낡은 펜던트를 탁자에 올렸다.

흔해 빠진 장신구처럼 보였지만 그 시대에선 결코 흔하
지 않았다.

'성문 수비 기사의 상징.'

기사가 된 자들이 신분증처럼 사용하던 물건이었으니까.

페르노크가 반테라스의 상징이 박힌 펜던트에 손을 얹
었다.

[왕이시어! 부디 고정하시옵소서!]
[직접 출정하시는 건 아니 되옵니다!]

그 순간, 영혼에 각인된 기사왕의 기억이 솟구쳤다.

* * *

재앙이 사방에서 몰아닥치는 혼란의 시대.

거듭된 전쟁으로 기사왕은 치명적인 부상을 입고 왕국

은 벼랑 끝에 몰렸다.

　[각지에 병력을 보냈습니다. 전하께서 가지 않으셔도 충분히 대비할 수 있습니다!]

　기사의 나라라는 말도 이젠 옛말이다.
　재앙이 탄생한 순간부터 특별한 금속은 자취를 감췄다.
　더 이상 기사들의 상징인 '아티펙트'를 만들지 못하고, 강자들은 복원되지 못하는 무기를 들고 힘겨운 싸움을 이어 나가고 있다.
　파괴와 재생이 순환되는 시기에 인간의 삶은 막다른 절벽까지 내몰렸다.
　기사왕은 병든 몸으로 나서야 했다.
　그의 아티펙트는 결코 부서지지 않았고, 오직 그만이 절대적인 악을 베어 버릴 수 있었으니까.

　[지금도 국경 너머의 병사들은 지독한 추위와 배고픔을 견디며 목숨을 내놓고 왕국을 지키려 한다. 한데, 이깟 상처 하나에 겁을 집어먹고 우리의 존엄을 짓밟으려는 자들에게 물러나야 한단 말인가?]

　자신의 최후를 직감한 기사왕은 모든 것을 불태우려 했다.

[삶과 죽음은 언제나 곁에 있으니, 우리가 우리로서 살아가기 위해 나는 마지막까지 용맹하게 전진할 것이다!]

기사왕은 수도를 지키기 위한 최소한의 인원만 남겨 놓고 직접 험난한 여정을 이끌었다.

목숨을 내건 왕의 모습에 백성들도 결집하여 끝까지 항전했다.

하지만 재앙은 날이 갈수록 강성해지며 결국 반테라스를 멸망까지 몰아넣었다.

웅장하고 아름다웠던 수도는 한순간에 재로 화했다.

생명이 죽음으로 바스러지는 아찔한 지옥 속에서 기사왕은 최후의 일격을 감행했다.

끝내 재앙을 소멸시켰으나 대지는 재와 눈물만이 가득했다.

목숨과 맞바꾼 전리품은 나라의 멸망과 앞으로 자라날 인간들의 희망이었으나.

고개 돌려 바라본 곳곳에 널브러진 신하들의 시체가 계속 눈에 밟혔다.

[⋯⋯.]

제 손으로 신하들의 시신 하나 수습하지 못하는 기사왕의 침묵이 검과 함께 떨어졌다.

그가 마지막으로 기억하는 하계의 모습.

죽은 후에도 가슴에 담아야만 했던 미련이다.

＊　＊　＊

"……이보시오. 괜찮소?"

"음?"

"유물을 살피다 말고 무슨 생각을 그리하시오?"

"뭔가 떠오르는 게 있어서."

"혹 이 유물이 어떤 용도인지 알아보시는 거요?"

페르노크가 펜던트를 천천히 살펴보았다.

다소 흠은 있으나, 익숙한 문양이 기사왕의 기억을 자극한다.

'분명 이 펜던트는 기사왕의 마지막 출정식을 함께한 수비 기사의 상징이다.'

수도 성문 수비 기사들은 모두 이 펜던트를 가지고 있었다.

적게 잡아도 2만은 넘을 테니, 하나쯤 발굴되어도 이상하지 않다.

"반테라스의 성문 수비 기사들이 착용하던 펜던트다. 일종의 신분증과 같은 거지."

페르노크가 펜던트를 돌렸다.

"이곳에 이름과 소속을 새긴다. 조각하듯 파내서 빗물

에도 지워지지 않건만, 상당히 깨져 나갔군.”

“그럼 이제 내 말을 믿어 주는 거요?”

페르노크가 고개를 끄덕이자 켈트가 뭔가를 간절히 원하는 눈으로 물었다.

“그대가 가진 기록도 살펴볼 수 있겠소?”

“유감이지만 전승된 기록은 내가 부쉈다.”

“아니, 그 귀한 걸 어찌……!”

“남들에게 함부로 보여 줄 물건이 아니어서 말이지. 하지만 기록은 빠짐없이 머리에 집어넣었다. 이 펜던트뿐만 아니라 당신이 발굴한 유물들도 내가 직접 본다면 용도를 설명해 줄 수 있어.”

“연구를 함께 진행하겠다는 뜻으로 받아들여도 되겠소?”

“연구의 목적이 뭐지?”

“기록의 발견이오. 소멸된 역사를 다시 복구하는 것.”

“그 과정에서 얻은 유물의 소유권은 누구에게 있나?”

“보통 이런 경우 연구를 주도한 자가 배분하기 마련인데, 그대와 나는 서로에게 부족한 것을 채워 주니, 소유권은 반반으로 합시다.”

“한 가지 조건을 더 얹지.”

“말하시오.”

“내가 원하는 유물은 우선 넘겨줄 것.”

켈트가 고개를 갸웃했다.

"혹시 원하는 것이 있으시오?"

"기록 중에 흥미로운 부분을 발견했거든. 그게 아니라면 나는 당신과 손을 잡지 않았을 거야."

"으음……."

"그 이상의 조건은 없다. 난 필요한 물건을 가지고, 당신은 역사를 되찾아 협회에서 입지를 다진다. 서로에게 이득이 되는 거래지 않나."

페르노크가 먼저 손을 내밀었다.

켈트는 소유권을 고심하는 듯했으나 별다른 도리가 없었다.

그 또한 벽에 가로막혔고, 이젠 유물을 정확히 분류하는 페르노크의 지식에 강한 믿음을 얻었다.

깔끔한 거래를 마다할 순 없었다.

켈트가 페르노크의 손을 맞잡았다.

"좋소. 뭔진 몰라도 그대의 조건을 존중하지."

"그럼 계약서를 작성해 볼까."

페르노크가 종이 두 장을 가지고 와서 켈트와 합의한 내용을 적었다.

연구 진행과 과정에 대한 공유 그리고 결과물을 꼼꼼히 살피고, 두 사람은 만족하며 계약서에 지장을 찍었다.

"연구시설은 따로 두고 있나?"

"내 집에 필요한 기반을 다 갖춰 뒀으니 염려 붙들어 놓으시오! 자, 갑시다! 당장이라도 반테라스를 찾을 수 있을 것 같구려!"

페르노크는 켈트를 따라 성 외곽으로 향했다.

* * *

벽돌로 쌓아 올린 투박한 집 안에 들어갔다.

깔끔하게 정리된 방 안에 여러 케이스가 놓여 있었다.

그중 몇 가지는 기사왕의 기억을 자극하는 반테라스의 유물들이다.

"저건⋯⋯."

그중 송곳처럼 튀어나온 유물 하나가 눈에 띄었다.

오랜 세월이 흘렀음에도 단단한 형태가 유지된 모습을 보고 페르노크는 확신했다.

"⋯⋯어디서 발굴했나?"

"르젠 왕국 북쪽 국경 너머 작은 숲이 있소. 그곳에서 다른 시대의 유물과 함께 나왔지. 뒷면에 흥미로운 문양도 새겨져 있소."

켈트가 유물의 뒤편, 깨진 문양을 가리켰다.

"유사한 문양 형태를 찾아보고 있지만 아직 성과가 없소. 반테라스의 표식이 아닐까 짐작 중이오."

페르노크가 문양의 일부분을 살피며 고개를 저었다.

"이것의 용도가 뭔지 아나?"

"음, 형태를 보면 기둥이나 교각의 부품이지 않겠소?"

"이건 공성 병기를 개량해 만든 전술 병기다. 거대한 놈을 상대하기 위해 만들었지."

"한데, 소모품이 다른 유물들보다 멀쩡할 수 있단 말이오?"

"오래 보존되도록 특수한 코팅을 거쳤어. 게다가 이건 반테라스에서도 병기에 일가견 있는 뤼옹 후작가의 물건이다."

"뤼옹?"

"전장의 악마들이라고 불리던 놈들이야. 이 문양은 뤼옹 후작가를 상징하는 심볼이고, 어중간한 녀석들이 함부로 전술 병기에 손대지 못하도록 경고하는 거지."

"대체 그 석판의 기록이 뭐기에 그토록 자세히 반테라스를 알고 있소?"

"반테라스를 구성하던 핵심 귀족가에 대한 정보는 명확히 기록되어 있다."

"내게도 알려줄 수 있겠소?"

"유물을 발굴하면서 함께 설명해 주지. 하지만 지금은 전술 병기의 출처부터 뒤져야겠군."

페르노크가 전술 병기를 유심히 살폈다.

이건 왕의 출정식 때, 국경의 재앙을 멸하려고 만든 특수 제작품이다.

이것에 사용된 금속도 더 이상 캐지 못하여 수량까지 한정적이었다.

'이 유물이 발굴된 장소에서 수도까지의 거리를 짐작할 수 있다.'

페르노크는 기사왕의 마지막 순간까지 기억하고 있다.

수도와 각 귀족가의 위치뿐만 아니라 전쟁이 발발했던 장소까지 모두 그림으로 그릴 정도였다.

핵심은 어떤 유물이 어느 장소에서 발굴되었냐는 것.

그것이 희소한 가치를 가질수록 반테라스의 수도를 더듬어 가는 데 중요한 역할을 한다.

'수도의 위치만 알면 기사왕의 무덤까지 찾아낼 수 있다.'

페르노크가 켈트를 돌아보았다.

"전술 병기를 발굴한 지역으로 가지. 그리고 지도를 준비해 줄 수 있겠나?"

"르젠 왕국도면 되겠소?"

"각 왕국도와 전 대륙을 포함하는 지도."

"그렇게나 많이?"

"잘하면 당신이 원하는 결과물을 빨리 찾아낼 수도 있을 거야."

그 말에 눈이 휘둥그레진 켈트가 다급하게 외쳤다.

"자, 잠깐, 기다려 보시오!"

켈트가 어딘가 급하게 뛰쳐나갔다.

잠시 후, 그는 굵은 땀방울을 흘리며 품에 가득 채우고도 남을 거대한 지도를 들고 왔다.

"헉헉, 협회에 있던 대륙 지도와 역사 학회에서 왕국도를 빌려왔소!"

"바로 출발하지."

켈트가 발굴 장비를 챙겨 나왔다.

페르노크의 합류 이후 새로운 가설들이 계속 나오자 어느 때보다 열정을 불태웠다.

지금까지 지지부진했던 날들을 청산하겠다는 듯 켈트는 고된 길을 마다하지 않았다.

* * *

반테라스에 대한 지식을 서로 나누길 한 달.

고된 여정 끝에 목적지가 눈앞이었다.

그사이 서로 편해진 켈트가 들뜬 목소리로 외쳤다.

"저곳이라네! 200년 전에 멸망한 쿠르탄 왕국의 유물을 찾던 중 반테라스의 유물을 함께 발견했지!"

발굴의 흔적이 남아 있는 정사각형 구덩이로 두 사람이 걸어갔다.

"쿠르탄 왕국의 유물 아래…… 대략 20미터를 더 판 곳에 반테라스의 유물이 파묻혀 있었네."

"혼자서 발굴한 건가?"

"하하, 그럴 리가. 사람들 몇을 불러서 함께 작업했지."

"그럼에도 반테라스는 인정받지 못했군."

"기록에 없는 나라. 환상이 아닌 개인의 망상으로 치부받았지. 오늘 유의미한 결과가 나와서 협회의 뺨을 세게 후려칠 수 있으면 좋겠어."

페르노크가 주위를 둘러보았다.

아무리 오랜 세월이 흘러도 결코 변하지 않는 게 있다면, 그건 태초부터 다져진 자연이다.

다소 깎여 나갔을 수는 있으나, 절벽이나 숲처럼 한 번 만들어진 지형은 오래 유지된다.

인위적으로 지형 자체를 갈아엎지 않는 한 말이다.

"르젠 왕국은 산을 많이 낀 지형이었지?"

"마물이 들끓는 산맥까지 있을 정도네."

"이 근방의 산이 르젠 왕국 이전부터 존재했나?"

"허허, 농담도 지나치군. 이 산은 라키스 제국이 왕국이던 시절에도 굳건히 자리 잡고 있었어."

"산이 훼손된 적은?"

"이 산에 한때, 큰불이 났다는 기록은 있네. 하지만 나무가 불타 사라질지언정 산이 사라지기야 하겠는가. 그런 영양가 없는 짓은 미치광이도 하지 않을 걸세. 그런데 저 산은 왜?"

"잠깐 확인할 게 있으니, 이곳에 다른 유물의 흔적이 있는지 살펴보고 있어."

켈트가 대답하기도 전에 페르노크는 가장 높은 산봉우리로 이동했다.

마력강체술을 끌어 올린 육체는 가파른 산길을 산책하듯이 가볍게 질주했다.

반나절은 걸릴 만한 거리가 1시간도 안 돼서 돌파됐다.

페르노크가 산봉우리에 올라 까마득한 지상을 내려다보았다.

'이곳이 서쪽이다. 재앙이 밀려오는 방향을 반대로 정한다면…….'

뤼옹 후작의 전술 병기는 높은 지점에서 하강하는 추진력으로 적을 폭사시키는 방식이다.

고지를 반드시 점령해야 하며, 적이 밀려오는 방향을 정확히 예측해야 한다.

이 조건을 토대로 기사왕의 기억을 대입시켜, 재앙을 처음으로 격퇴시킨 고지전을 떠올린다.

'……저 두 지점. 아니, 셋. 저곳들이 뤼옹 후작이 좋아할 만한 거점이다.'

페르노크는 기억이 이끄는 장소로 향했다.

동시에 투기장에서 얻은 탐지 마법 계열 하나를 발동시켰다.

이건 페르노크의 마력이 다할 때까지, 주위의 금속 물질을 탐지하는 마법이다.

페르노크를 기준으로 원형의 파장이 흘러나와 지하 20미터까지 파악한다.

"……."

첫 고지는 아무것도 없었다.

두 번째도 마찬가지였다.

하지만 세 번째에 이르러 마법이 허용하는 아슬아슬한 경계에 무언가 걸렸다.

페르노크가 바로 지면을 내리쳤다.

콰앙!

거목이 흔들릴 정도의 강렬한 충격이 지면을 갈랐다.

페르노크는 빠르게 힘을 거뒀다.

그 이상 주먹을 내질렀다간 파묻힌 물건이 부서지기 때문이다.

'역시 이곳이었군.'

켈트가 발굴한 것보다 작은 형태였지만, 그 또한 뤼옹 후작의 전술 병기다.

'반테라스의 수도 포 헬름에서 이 진지까지 동쪽으로······.'

페르노크가 기억과 유물을 토대로 수도까지의 거리를 예측하려는 그 순간이었다.

스슷!

바람을 타고 날아온 무언가가 살결을 스쳤다.

페르노크가 몸을 틀어 바라보니 사방이 푸른 가루로 발광하고 있었다.

'독은 아니군.'

위해 요소는 없었다.

무언가를 확인하려는 듯한 가루로 짐작되었다.

동시에 페르노크의 탐지 마법에 날카로운 것들이 포착되었다.

유물은 아니다.

이 살의를 머금은 파장은 나무 사이에서 흘러나왔으니까.

"······."

페르노크가 전술 병기를 내려놓고 천천히 고개를 돌렸다.

나무 뒤편 길게 늘어진 그림자를 쳐다보았다.

"쯧, 단순한 고고학자가 아니잖아."

그림자가 작아지며 나무 뒤에서 청발의 사내가 걸어 나왔다.

"마법사인 줄 알았다면 대금을 더 올려 받았을 거야."

"형, 조심해."

나무 꼭대기의 난쟁이처럼 작은 남자가 굳은 눈으로 페르노크를 노려보았다.

"저놈 최소 3레벨이야."

"알아. 하지만 일은 마무리해야지. 하필이면 가루에 청색을 입혀서 반드시 죽여야 한다."

페르노크가 관찰안을 전개했다.

청발의 사내는 4레벨의 마력을 보유했고, 난쟁이 같은 사내는 3레벨 상급에 해당했다.

둘 모두 기척을 지우는 것이 능숙한 암살자처럼 보였다.

아니나 다를까, 청발의 사내가 양 손에 단검을 쥐었다.

난쟁이 같은 사내는 입에 대롱을 물었다.

거리를 두고 견제하는 모습이 사람을 상대하는 일에 능숙해 보였다.

'암살자인가.'

청발의 사내가 살기를 흘렸다.

겁이라도 줄 요량으로 눈을 가늘게 좁히니 그럭저럭 위협적인 모양새가 되었다.

난쟁이 같은 사내도 마찬가지였다.

위에서 가만히 내려다보는 것만으로도 이유 모를 위압감이 느껴졌다.

그들에게서 흘러나오는 마력이 오래 합을 맞춘 것처럼 자연스럽게 섞여 페르노크를 옭아매려 한다.

'뭐 하는 족속들인지 모르겠지만.'

유물을 발굴하고 있던 페르노크를 갑자기 습격했다.

유물과 관련된 자들이거나, 유물의 정체를 알고 대신 탐하려는 자들로 짐작되었다.

'마침, 잘됐군.'

페르노크에겐 오히려 반가운 일이었다.

정보를 아는 자가 추가될수록 기사왕의 무덤을 한층 쉽게 발굴할 수 있다.

게다가 저들은 3, 4레벨의 마법사들.

성장이 더뎌진다고 느끼던 페르노크에게 이만한 보양

식이 없다.

"유감이네. 상대가 나라서."

청발의 사내가 히죽 웃으며 단검으로 페르노크의 목을
겨눴다.

"비싼 모가지, 내가 잘 거둬 줄게."

페르노크가 피식 웃었다.

6장. 포 헬륨

포 헬름

두 사람은 르젠에서 이름 날리는 암살 형제였다.

청발의 사내, 형 콥스는 신체를 강화하고.

난쟁이 사내, 동생 잔스는 진형을 유리하게 만들어 낸다.

서로의 능력을 보완하여 대인전에 특화된 형제로부터 살아남은 사람이 없다는 소문이 들려올 정도였다.

'둘 말고 더 있군.'

산 아래쪽에서도 심상치 않은 낌새가 느껴진다.

두 형제보단 못 하지만 제법 날렵한 자들이 날뛰고 있다.

'정보를 뽑아낼 놈들은 많으니, 이 두 놈은 바로 죽여도 되겠군.'

어설프게 살려 보겠다고 손대중했다간 오히려 이 둘을 놓쳐 버릴 가능성이 높다.

페르노크가 자세를 잡았다.

"푸른 가루가 입혀진 대상은 반드시 죽이라고 했다! 방심하지 마!"

"형이나 잘해!"

어떤 준비 동작도 없었다.

관찰안이 콥스의 근육을 살핀 순간, 전면에 날 서린 바람 소리가 들려왔다.

서걱!

페르노크가 고개를 젖혔다.

잘려 나간 앞 머리칼 너머 콥스가 입맛을 다신다.

"반응 속도…… 강화 계열인가."

그리고 하늘에서 시꺼먼 연기가 터져 나와, 두 사람을 가렸다.

잔스의 마법 스모그였다.

사방은 짙은 연기에 가려져 한 치 앞도 분간하기 어려웠다.

'어설픈 듯하면서 틈을 내주려 하지 않는 것 같고.'

페르노크의 반응 속도를 보자마자 연계로 전환했다.

확실히 숨통을 끊어 버리려는 날카로움도 느껴졌다.

하지만 첫발부터 잘못되었다.

상대의 역량을 제대로 파악하지 못했다면 처음부터 모습을 드러내지 말았어야 했다.

형제는 페르노크를 가볍게 여겼고, 곧장 전략을 수정했

으나 문제는 이미 모습을 보였다는 것이다.

알면서 들이닥친 상황을 막지 못하는 건, 상대가 자신보다 압도적으로 강할 때의 얘기다.

후우웅!

"……!?"

심장을 노렸으나, 허공을 베는 단검.

몸을 옆으로 돌린 페르노크가 가슴을 스쳐 지나가는 콥스의 손목을 바로 붙잡았다.

꽈득!

팔 하나는 부숴 버릴 요량이었는데, 바위처럼 단단하여 살점만 뜯어졌다.

'강화 계열. 그것도 철인과 흡사하군.'

몸을 단단하게 만들고 근력을 증폭시켜 상대를 찍어 누른다.

간단하면서 강한 마법이지만, 상대를 잘못 만났다.

페르노크가 마력강체술을 끌어 올리며 하복부의 마력 덩어리까지 합쳐 버리자, 4레벨에 버금가는 마력이 한순간에 폭발했다.

꽈드드득! 서걱!

페르노크가 팔을 놓지 않고 완전히 틀어 버리려 하자, 콥스는 망설임 없이 팔을 잘랐다.

다시 연기에 몸을 감추었지만, 페르노크의 관찰안은 일대의 마력을 모두 감지했다.

잔스의 마법 속에서 혼자 꿈틀거리는 콥스의 마력을 정확히 포착했다.

페르노크가 그곳으로 질주하니 연기가 요동쳤다.

[뭐야 이건. 저놈의 마력이 왜 형보다 더…….]

잔스의 마법은 적아를 가리지 않고 연기로 눈을 가려 버린다.

하지만 이 마법이 특별한 이유는 연기에 들어간 아군에게 의념을 전달할 수 있다는 점이다.

잔스는 지상에 연기를 깔아 놓고, 높은 지대에서 상대를 관찰하며 그 패턴을 콥스에게 전달해 왔다.

그리고 마력을 폭발시킨 페르노크에게 경악했다.

또한 연기를 제집처럼 헤집고 다니는 무자비한 모습에 두려움을 느꼈다.

결코, 이런 상황을 예상하지 못했다.

페르노크가 유물을 발굴할 때의 모습까지 전부 파악했는데, 어떻게 사람이 한순간에 달라진단 말인가.

심지어 연기 속에서 콥스를 정확히 추적하는 모습은 보면서도 믿기지 않았다.

[저놈, 3레벨 수준이 아니야!]

잔스가 다급하게 의념을 전달해 보지만, 콥스는 신경 쓸 여력이 없었다.

팔을 자를 때부터 페르노크의 급변한 상태를 인지하고 내내 표정을 굳혀 왔다.

연기를 이용해 기습을 구사하려 했지만, 그마저도 쉽게 막혔다.

모든 게 페르노크의 손바닥 안에서 놀아나는 듯했다.

'마력이 폭등한다고? 이게 가능한 일이야?'

잔스의 의념이 전달되는 속도보다 페르노크의 손날이 한 수 더 빠르게 치고 들어온다.

오히려 연기가 콥스의 반응 속도를 저해하는 요소로 전락하고 말았다.

오랜 시간 합을 맞춰 온 형제의 마법은 관찰안 앞에 모두 벌거벗겨졌다.

쾅!

"크흡!"

단검을 휘둘러 맞부딪쳐 보지만 오히려 콥스가 힘에서 밀렸다.

그가 연기 밖으로 튕김과 동시에 페르노크의 발밑으로 나선의 기류가 생성되었다.

[소용돌이 Lv.3]
바람을 강제로 끌어모아 회전시킨다.

투기장에서 VIP의 선수를 죽이고 얻은 마법이다.

발밑에 생성된 기류가 연기를 모두 끌어당기며 칠흑의 소용돌이로 변했다.

페르노크가 그대로 발을 내리찍자, 소용돌이는 모든 것을 집어삼켰다.

"뭐야!"

콥스는 경악했다.

강화 계열일 줄 알았던 페르노크가 자연계를 터트리자, 혼란스러워 어떻게 대처해야 할지 망각한 듯했다.

팅!

소용돌이 반대편에서 소리를 타고 넘어온 독침을 페르노크가 손등으로 쳐 냈다.

소용돌이를 피해 후방에 자리 잡던 잔스는 피부의 딱딱함에 얼굴을 굳혔다.

"설마, 더블……?"

페르노크가 소용돌이에 정권을 내지르자, 바람이 수십 갈래로 나뉘어 사방에 터져 나갔다.

형제는 피하기 급급했으나, 페르노크는 여유롭게 먼저 죽일 사냥감을 물색했다.

"커헉!"

제일 멀쩡하면서 가장 약한 존재.

상처 입지 않은 잔스가 페르노크 손에 목이 붙잡혔다.

손아귀에 마력을 불어넣자, 잔스의 얼굴이 터질 것처럼 새빨개졌다.

"잔스!"

"누가 보냈지?"

페르노크가 미소를 띠며 돌아보자 콥스는 이를 갈았다.

"뭐, 대답은 기대하지도 않았어."

꽈득!

잔스가 목이 꺾인 채 바닥에 쓰러지자마자, 연기가 씻은 듯이 사라졌다.

산은 고요해졌고, 콥스는 지혈할 생각도 안 하고 달려들었다.

순간 증폭되는 근력이 콥스를 묵직한 탄환으로 바꿨다.

하지만.

서걱!

콥스의 동작을 예측한 페르노크가 가볍게 뛰어올라 그의 뒷목을 수도로 그어 버렸다.

살점이 깊게 파여 떨어지고, 핏물이 허공에 흩날렸다.

콥스는 그 너머에서 살점을 유린하는 페르노크의 손날을 발견하곤 눈을 부릅떴다.

'어떻게 손이 검처럼…….'

쇠붙이처럼 날카롭게 다듬어지는 강화 계열 마법.

페르노크의 손날은 진검처럼 변화했고 소용돌이로 상처 입은 콥스의 빈틈을 파고들었다.

순간적으로 터져 나오는 여러 가지의 마법을 이해하지 못한 채, 콥스는 목이 잘렸다.

"스모그와 증폭……."

형제의 마력과 영력을 흡수한 페르노크가 전투에 휘말

려 부서진 유물을 내려다보았다.

반테라스의 수도, 포 헬름의 위치를 계산할 수 있게 해 준 것만으로도 유물의 가치는 끝났다.

하지만 이 유물을 노리는 또 다른 누군가에 흥미가 동했다.

반테라스의 어디까지 알고 있는 걸까.

되도록 많은 답이 저 아래에 있기를 바랄 뿐이다.

* * *

켈트는 한순간에 손발이 묶인 채 마차에 갇혔다.

페르노크가 산으로 올라간 지 몇 시간 지나지 않아 갑자기 산이 울렸다.

하늘 위로 연기가 떠오르더니, 낯선 자들이 튀어나와 켈트를 붙잡았다.

'도적? 아니, 산적?'

도둑놈들은 켈트의 유물 발굴 도구와 지도를 샅샅이 뒤지는 중이었다.

켈트의 머리에서 식은땀이 구슬처럼 흘러내린 순간이었다.

화아악-!

마차 안으로 시커먼 연기가 흘러 들어왔다.

"뭐야? 잔스?"

"갑자기 무슨 짓……."

이윽고 도둑놈들의 소리가 사라졌다.

켈트가 발끝으로 암막을 열어 밖을 살폈다.

"읍읍!"

페르노크가 몸 주위에서 까만 연기를 뿜어내며 도둑놈들을 집어삼키고 있었다.

켈트는 어서 도망치라며 소리 지르고 싶었지만, 재갈에 소리가 막혀 비명 같은 신음만 흘릴 뿐이었다.

그가 이마로 마차의 창살 같은 곳을 두드리자, 페르노크가 고개를 돌리더니 가볍게 손을 휘저었다.

서걱!

날카로운 소리가 창살을 가르며 켈트를 속박한 줄을 잘라 버렸다.

어떻게 된 일인지 파악할 수조차 없었다.

켈트는 다급히 외쳤다.

"도, 도망치게! 산적 떼야!"

"리스트에 있는 놈이다!"

습격자들의 소리가 켈트의 말을 잘랐다.

연기가 익숙한 듯 습격자들은 단숨에 마법을 떨치고 페르노크에게 달려들었다.

강화 계열 마법사가 앞장서고, 자연 계열 마법사가 후방에서 지원 사격을 감행했다.

쇳덩어리처럼 단단하게 들이닥치는 마법사 머리 위에

서 색색의 불과 얼음이 터져 나오고.

소나기처럼 들이치는 빼곡한 포위망을 향해 페르노크는 마주 달렸다.

간수장의 가속 마법과 콥스의 증폭을 동시에 발동시켰다.

마력강체술이 굉음을 터트리며 성난 황소처럼 습격자들을 뒤흔들었다.

콰아아아아앙!

켈트가 주저앉았다.

지진이라도 난 것처럼 땅이 흔들렸고, 전면은 뿌연 먼지에 휩싸였다.

"이, 이봐……!"

황급히 정신을 수습한 켈트가 일어선 순간, 먼지 속에서 목 없는 시체가 튀어나왔다.

이윽고 먼지가 걷히니, 시체들의 품을 뒤지는 페르노크가 보였다.

"용의주도한 놈들이군."

페르노크가 시체에서 아무것도 찾지 못하자 켈트에게 걸어갔다.

켈트가 얼빠진 얼굴로 바라보자 페르노크는 무심한 표정으로 마주했다.

"뭘 그리 놀라. 내가 마법사라고 얘기하지 않았나."

"그, 그렇긴 하지만 이 정도일 거라곤……."

"정신 차리고 습격자들에 대해서 얘기해 봐. 이놈들 뭐야?"

"모, 모르겠군. 난 당최 이 상황도 뭐가 어떻게 되는 건지……."

"잘 생각해봐. 날 죽이고 당신을 납치하려 했어. 반테라스에 대해서 분명 아는 놈들일 거야. 혹시, 짐작 가는 놈 없어?"

"정말 모르겠네! 애초에 난 사비를 털어 가면서 연구했어! 누구와 접점도 없었다고!"

"그럼 이놈들이 몰래 미행해 왔다는 건데……."

"차라리 살려 두지 그랬나?"

"저 위에서 날 죽이려는 암살자도 입을 안 열었어. 이놈들은 그보다 더 독해. 소지품에 신분을 증명할 무엇도 없고, 살려서 고문해 봐야 배후가 누군지 밝히기 어려워."

"차라리 성에 알리세! 그게 낫겠어!"

페르노크가 고개를 저었다.

"습격자의 정체도 모르는 마당인데, 성에 고해 봐야 아무 답도 듣지 못해. 그보다는 이 상황을 이용해 보자고."

"어떻게?"

"반테라스를 아는 제삼자가 있다. 어쩌면 그는 당신보다 먼저 반테라스를 찾는 중이었을지도 모르지. 그 배후가 얼마나 많은 정보를 가졌을지 궁금하지 않아?"

"하지만 누군지 모르지 않나."

"우린 결국 둘뿐이야. 아주 노리기 쉬운 먹잇감이지. 당신이라면 필요한 정보를 가진 소수의 연구가들을 가만히 내버려 둘 것 같아?"

"그건…… 안달이 나겠군."

"맞아. 계속 사람을 보낼 거야. 지금보다 더 강한 놈들이 올 수도 있고, 물량으로 승부 볼 수도 있어. 중요한 건, 이쪽에 놈들이 원하는 게 있는 이상 계속 우릴 노릴 거라는 점이야."

그런 강자들과 마주할 때마다 페르노크의 성장도 탄력을 받게 된다.

"그놈들을 죽이다 보면 결국 꼬리가 잡히겠지. 안달 난 배후의 실체가 드러날 거야. 우리는 그때 배후의 정보를 낚아채서 우리 것으로 만드는 거야."

"……!"

"우린 지금 하나의 정보가 절실해. 습격자가 누군지 몰라도 반테라스를 알고 있다면 우리가 성지를 찾아가는 데 도움이 되지 않을까."

켈트가 널브러진 시체와 페르노크를 번갈아 보며 침을 꼴깍 삼켰다.

"산 타기 버거운 나라도 괜찮겠나?"

"당신 한 명 챙겨 줄 정도는 돼."

"자네, 2레벨 아니지?"

페르노크는 말없이 웃으며 유물 발굴 장비를 챙겼다.

저 자신감의 근원이 어디서 나오는지 알아내는 것은 그리 오래 걸리지 않았다.

* * *

일주일이 지났다.

페르노크의 말처럼 새로운 습격자들이 밤을 타고 암습했다.

"크아악!"

페르노크의 양손이 춤을 추듯 유려한 곡선을 그렸고 습격자들은 비명을 토하며 쓰러졌다.

저번보다 두 배는 많았고, 4레벨 마법사까지 섞여 있었지만, 누구도 페르노크의 발길을 멈추지 못했다.

오히려 페르노크는 마법사들을 죽일 때마다 활력이 도는 듯 압도적인 신위를 선보였다.

넋을 놓는 켈트에게 페르노크가 4레벨 마법사의 로브 주머니에서 무언가를 꺼내 보였다.

"이건 어느 귀족가의 표식이지?"

켈트가 바다 고래가 새겨진 표식을 살피곤 고개를 저었다.

"이건 귀족이 아닐세. 라무스 상단의 것일세."

"라무스?"

"무역업으로 크게 성장한 상단이네."

"항해에 일가견이 있겠군. 그럼 거친 사람들도 많겠지?"

"다른 상단들보다 꽤 많은 용병을 휘하에 두고 있을 걸세."

페르노크가 죽은 마법사들의 시체를 힐끗 살피며 씨익 웃었다.

"그래?"

어쩌면 습격자들의 배후는 생각보다 많은 선물을 안겨 줄지도 모른다.

* * *

라무스 상단.

곡물과 광석을 타국과 무역하며 쌓아 올린 부로, 르젠 왕국 남동부 지역 상계를 휩쓸었다.

하지만 그보다 더 유명한 점은 엄격한 규율이었다.

여타의 상단들과 달리 라무스는 상단주의 허락 없이는 그 누구도 지역을 떠나지 못한다.

군대와도 같은 비정한 명령체계.

상단원들을 강제적으로 구속함에도 누구 하나 라무스를 떠나지 않으려 한다는 점이 상단주 '라셀'의 수완을 짐작게 한다.

라셀과 라무스 상단의 여러 일화를 떠올리며 켈트가 걱정스러운 표정으로 물었다.

"라무스…… 상단이겠지?"

페르노크에게 죽은 4레벨 마법사에게서 라무스의 표식이 나왔다.

마법사 개인의 일탈이라기엔 끌고 온 수하들의 숫자가 많다.

누군가의 사주일 가능성이 높다.

라무스의 정예 마법사를 움직일 정도의 재력가는 아무리 생각해도 한 명뿐이다.

"지금으로선 그럴 가능성이 높겠지만."

페르노크가 시체 속에서 건진 유일한 단서, 라무스 상단의 표식을 살폈다.

"좀 더 봐야겠지."

지금까지완 다르게 습격자가 단서를 남겼다.

용의주도한 놈들이 왜 이런 실수를 한 걸까.

설마, 이 정도 숫자면 충분하다고 생각한 걸까.

자신감에서 비롯된 상징일까.

그게 아니라면…….

"하지만 난데없이 라무스 상단의 표식이 나왔다는 건……."

"확인해 보자고."

페르노크가 표식을 품에 집어넣었다.

"라무스가 정말 배후인지. 그게 맞는다면 왜 유물과 접점도 없어 보이는 그쪽에서 반테라스를 노리는지."

그 이유를 파고들면 페르노크는 사라진 기록이나 좀 더

효율적인 단서를 얻을 것만 같았다.

더군다나, 마법사들의 상태가 꽤 달다. 안 그래도 수련에 목이 마르던 참이다.

지속적으로 먹이를 던져 준다는데 마다할 필요가 없다.

"배후를 특정할 거야. 모든 가능성을 열어 두고 대비해 둬."

"정말 습격을 당해 주겠다고?"

"문제 있나?"

켈트는 말문이 막혔다.

마법에 무지하다지만, 페르노크의 활약상을 보면 만용이란 생각은 들지 않았다.

"솔직히 말해 주게. 자네, 몇 레벨인가?"

"지금은 3레벨, 조건만 갖춰지면 4레벨도 되겠군."

"허……."

저토록 젊은 나이에 4레벨 마법사라니.

당장 성에 들어가도 수습 기사로서 귀하게 대접받을 인재다.

놀라는 한편 안도감이 가슴을 쓸어내렸다.

페르노크의 당당함엔 이유가 있었다.

"이제부턴 여유가 없겠군."

"어렵게 생각할 필요 없어. 우리는 하던 대로 하면 돼."

페르노크가 은밀히 움직이는 기척을 느꼈다.

"얼마나 감추고 있는지, 우리 앞에 끌어내 보자고."

* * *

습격자들은 밤낮을 가리지 않고 튀어나왔다.

사로잡아 정보를 뽑아내려 하면, 스스로 어금니에 숨겨 둔 독을 먹고 죽었다.

협상과 타협은 결코 없다는 듯한 태도에 페르노크는 미소 지었다.

'어지간히 탐욕스러운 놈이군.'

보통이라면 궁금해서 얼굴을 비칠 법도 하건만, 상대는 이쪽을 살려 두기보다는 죽여서 갈취하는 방식을 고수했다.

'가진 패도 제법 많고.'

결국, 4레벨 마법사가 적의 한계였다.

무수한 적들이 달려들었지만, 3 혹은 4레벨 마법사 한 명에 머릿수만 채워 보냈다.

하지만 페르노크에게 물량전은 의미가 없다.

마법사를 죽이고 빼앗은 마력과 영력으로 전투를 진행하며, 일반인의 눈을 피해 잠깐의 휴식을 취하는 것만으로 몸의 과부하가 회복된다.

정신적인 피로감이 몰려오지만, 그마저도 자신의 성장을 보고 있노라면 희열이 생길 지경이다.

동화율 - 11%

관찰안이 더욱 세세한 영역까지 살피기 시작했다.

'이번엔 꽤 많군.'

한밤중에도 지형지물을 정확히 인식한다.

어느 곳에 누가 숨었는지, 그 마력이 흐르는 경로와 살기까지도 색으로 구분되어 명확히 표시되었다.

'총공세인가.'

언뜻 보아도 100명이 넘는다. 그중 4레벨 마법사는 2명이다.

페르노크라 해도 정면충돌했다간 그대로 쓸려 나갈지 모른다.

하지만 뒤로 돌아가자니 그곳도 만만치 않다.

'후방에 50명. 그중 4레벨 마법사 1명.'

충분히 싸워 볼 만한 전력이지만 문제는 그들을 상대할 때, 다른 곳에서 빠르게 합류할 가능성이다.

'양옆에서 수십…… 3레벨 마법사가 10명이라…….'

사방이 포위당했다.

어느 곳을 치더라도, 다른 방향에서 합류한다.

고작 두 명을 상대한다기엔 지나칠 정도로 치밀한 포위망이다.

'상단의 범주를 넘어섰어.'

항해를 하는 상단은 일반 상단보다 많은 수의 사병을

보유할 수 있다.

거친 항해를 하는 만큼 성에서 허락한 사병의 수도 남동부 지역 상단 중 제일이다.

하지만 지금 이 포위망에 동원된 인력은 성의 허용 범위를 아득히 넘어섰다.

상단 자체만의 병력이 아니다.

'역시, 라무르뿐만이 아니군. 배후는 라무르와 협력하거나 혹은 그들을 부릴 만한 힘이 있다.'

라무스 외에 반테라스를 아는 몇 개의 세력이 더 존재한다.

페르노크가 동쪽으로 고개를 돌렸다.

마침, 성 안에서 화려한 폭죽이 터지고 있었다.

켈트의 신호였다.

처음부터 페르노크는 켈트를 성에 숨겨 두었다.

그리고 성에서 기사나 병력들이 나오는 낌새가 보인다면 정해진 시각에 아무것도 쏘아 올리지 말라고 전했다.

지금 폭죽을 터트렸다는 건, 성에 어떤 움직임도 없다는 뜻이다.

'이렇게 많은 놈들이 성 근처에 포위망을 형성했는데 성은 방관한다. 습격자들이 성주를 매수했거나, 처음부터 한패였거나…….'

페르노크는 피식 웃었다.

'……나쁘진 않군. 몇 놈을 죽이더라도 뒤탈 없이 떠날

수 있겠어.'

사방에서 들끓는 살기를 페르노크가 훑어보았다.

딱 한 곳, 포위망이 옅은 곳이 존재한다.

'이젠 모습을 드러내지 않고선 못 배길걸.'

입맛을 다신 페르노크가 포위망의 취약한 부분을 파고
들었다.

* * *

[서쪽 Z-01지점!]

다급한 외침이 전파 마법을 타고 모든 마법사들에게 전
달되었다.

서쪽 근방에서 포위망을 좁히던 3레벨 마법사들이 제
일 먼저 반응했다.

'최소 4레벨 마법사.'

'대인전에 능숙하다.'

'계열은 정확하게 파악되지 않으나, 육체 강화로 추정.'

'자연 계열을 사용했다는 보고도 있다.'

'더블일 가능성 염두.'

실패한 습격자들에게서 얻은 정보를 머릿속에 되새겼
다.

급작스러운 상황에서도 결코, 당황하거나 진형을 흐트
러뜨리지 않았다.

이것이 고작 두 명을 죽이기 위한 여정에 불과할 뿐이지만, 이미 많은 동료가 페르노크에게 죽었다.

페르노크가 습격자들의 정체를 모르는 것처럼, 습격자들 또한 페르노크의 본 실력을 추측할 뿐이다.

그리고 현장에 도착한 순간, 그들은 추측이 헝클어질 정도의 강렬한 충격과 마주했다.

까드득!

후방 포위망의 책임자였던 4레벨 마법사 젤토가 페르노크에게 목이 꺾였다.

"강화 계열!"

젤토는 한주먹으로 쇳덩이조차 우그러뜨리는 괴력의 소유자다.

그런 젤토를 한 손으로 붙잡아 목을 꺾어 버린 페르노크의 모습을 누구라도 강화 계열이라 착각할 수밖에 없었다.

더군다나 젤토의 수하들은 전부 찢어진 채 싸늘히 식어 가고 있었으니…….

"벽을 세워라!"

"접근전을 불허한다!"

마법사들은 세 갈래로 나뉘었다.

최선두에 벽을 세워 놓고 강화 계열이 자리했으며, 언덕 위에 자연 계열과 궁수들을 배치했다.

양옆에 방패병과 전사들이 자리를 지키니, 정석적이지

만 단단한 포진이 완성되었다.

"불태워!"

불길이 숲을 타고 어두운 밤을 환한 대낮처럼 밝혔다.

시야가 확 트이기 무섭게 화살이 아름다운 곡선을 그렸다.

보기만 해도 묵직한 철시는 바람 마법을 덧씌우자, 맹렬한 속도로 전장을 휩쓸었다.

쾅!

하나, 굉음은 엉뚱한 곳에서 터져 나왔다.

"놈이⋯⋯!"

어느새 벽을 돌파한 페르노크가 강화 계열의 목을 틀어 버리고 있었다.

"압박해!"

아군까지 쓸릴 위험이 높았다.

자연 계열과 궁사들은 조준한 상태로 멈췄으며, 전사 몇 명이 내려가 강화 계열과 합류했다.

그들은 페르노크를 죽이지 못해도 상관없었다. 어차피 발길만 묶어 두면 이 불길을 보고 지원군이 올 거라고 판단했다.

'놈은 괴력과 속도가 압도적이야.'

접근전을 제한하는 그들의 판단은 나쁘지 않았다.

페르노크의 마법이 강화 계열 중 무언가에 더 특화되었는지 고민하는 것조차 사치였다.

그래서 눈앞에 집중한 나머지 한 가지를 놓치고 말았다.

자연 계열 마법을 사용했다는 정보.

더블의 가능성.

콰아아앙!

갑자기 좌측 후방 방패병이 있는 지역에서 돌기둥이 솟구쳤다.

지진이라도 난 것처럼 땅이 갈라지기 시작하더니, 조준점이 흐려질 정도로 균형 잡기가 어려워졌다.

"마법이다!"

"자연 계열 마법사가 숨어 있다!"

페르노크에게 협력자가 있다고 판단한 순간, 그들은 사방으로 흩어졌다.

4인 1개 조의 팀 형태였다.

돌발 상황이 익숙한 것처럼 사방을 주시해 보지만, 처음부터 없는 마법사가 나올 리 만무하다.

페르노크가 마법 지면 붕괴로 전장을 흔든 보람이 있다.

결국, 단단하게 뭉쳐졌던 진형은 쪼개졌고, 그 틈을 훤히 드러냈다.

'마법사들만 처리한다.'

페르노크가 강화 계열 마법사들의 한복판으로 파고들었다.

후방 지원이 오지 못하도록 그들과 접근전을 유도하며

절대 떨어지지 않았다.

'전방 배치의 약점이지. 함께 얽히기 시작하면 아군이 다칠까 봐 기껏 만든 전술을 제대로 활용하지 못 하거든.'

후방 지원이 더딘 이상, 마법으로 육체를 강화시킨 애송이들은 페르노크의 묵직한 체술을 감당하지 못했다.

마력강체술이 물 만난 고기처럼 강화 계열과 맞부딪치고 쉽게 꺾어 버렸다.

굳이 힘 대결로 넘어갈 필요도 없었다.

한 점에 집중된 마력강체술의 힘을 이용해 적의 관절을 무자비하게 끊어 버렸다.

"크아아악!"

곳곳에서 뒤틀린 신음이 울려 퍼졌다.

제아무리 육체가 강화된 마법사들일지라도 틀어진 상태에서 관절을 이어 붙이진 못한다.

"젠장! 쏴!"

순식간에 다섯의 강화 계열이 쓰러지자 팀으로 쪼개진 후방 지원이 사방에서 터져 나왔다.

마법과 화살이 뒤섞여 소나기처럼 떨어졌지만, 페르노크가 강화 계열 마법사를 방패 삼아 모두 막아 버렸다.

"끄르륵……."

죽은 마법사에게서 마력과 영력을 흡수하고 바로 마력강체술에 육체 강화 마법을 부여한다.

페르노크는 재장전이 이뤄지기 전에 나눠진 적의 후방 세력들을 휩쓸었다.

콰드득!

곳곳에서 섬뜩한 소리가 들려왔다.

방패병과 전사들까지 나눠진 이 전장에서 후방 공격에 특화된 궁수와 자연 계열 마법사는 페르노크의 훌륭한 먹잇감이 되었다.

"이, 이게……!"

남겨진 자들은 갈피를 잡지 못했다.

이곳의 지휘자는 마법사들이었다.

페르노크에게 몰려 죽어 가는 지금 제대로 명령을 하달할 사람이 없다.

갈팡질팡하다가 마법사들을 도와주러 투입된 방패병과 전사는 페르노크의 압도적인 힘을 견디지 못하고 몸이 터져 죽어 나갔다.

포위해야 하는가.

목숨을 바쳐 지원해야 하는가.

아니면 이대로 도망쳐야 하는가.

영원 같던 찰나가 스쳐 지나갈 동안 마지막 남은 마법사가 정리되었다.

"큭!"

페르노크가 자연 계열 마법, 불사르기를 획득했다.

불사르기는 주위에 존재하는 불꽃을 조종하는 마법.

페르노크가 손바닥을 주먹으로 움켜쥐자 숲에 번지던 불씨가 일시에 연소되었다.

깊은 밤이 드리운 순간, 페르노크가 주먹을 활짝 펼쳤고.

화르륵!

섬광처럼 타오르는 거대한 불꽃이 사방에 터져 나갔다.

"크아아아악!"

방패 뒤에 숨건, 벽을 등지고 서건.

그 어떤 몸부림도 화마 앞에선 무의미한 발버둥이었다.

"어, 어떻게……."

양팔이 타 버려 검을 들어 올리지도 못하는 마법사가 경악한 눈으로 페르노크를 노려보았다.

강화 계열과 자연 계열을 동시에 다루는 모습도 놀랐지만, 두 번 쓰기도 힘든 광역 마법을 사용하면서 전혀 지치지 않는 모습이 믿기지 않았다.

이 마력량은 4레벨 수준을 넘어섰다.

"5, 5레벨?"

나름대로 해답을 내놓았지만, 그 또한 틀렸다.

페르노크가 죽은 자들의 영력과 마력을 흡수한단 사실을 마법사는 죽어서도 모를 것이다.

빠각!

경악한 마법사의 목을 꺾어 버린 페르노크가 시체들의 영력을 흡수했다.

동화율 - 13%

또 한 단계의 벽을 넘어섰다.

하지만 페르노크는 감상에 젖을 시간도 없이 바닥에 나뒹구는 검을 들어 올려야만 했다.

'이건 뭐지.'

처음 파악했던 4레벨 마법사가 아니었다.

마력도 아니고 심지어 수하들을 등진 것도 아니다.

북쪽에서 심상치 않은 무언가가 달려오고 있었다.

* * *

관찰안으로 포착한 그것은 사람이 아닌 무기에서 비롯되었다.

마력도, 마법도 아닌 특이한 '흐름'이다.

'처음 봤을 때는 없었는데, 어디서 튀어나온 거지.'

그것에 맞춰서 넓게 펼쳐졌던 포위망도 빠르게 좁혀 왔다.

4레벨 마법사들이 최고 전력이라 생각했던 처음의 판단을 뒤틀어 버린 변수의 등장.

멀어지기엔 후방이 온통 적이다.

차라리 단독으로 움직이는 무언가를 처리하고 전방을 뚫어 버리는 게 생존 확률을 비약적으로 높인다.

페르노크는 육체 강화 마법을 마력강체술에 덧씌웠다.

쉐에에엑!

한 자루 칼날처럼 바람을 가르며 맞은편에서 달려오는 무언가에게 쇄도했다.

그리고 무언가와 마주치는 순간 페르노크가 눈을 부릅떴다.

그자의 용모가 생각보다 젊어서도, 자세가 달인의 향기를 풍기기 때문인 것도 아니었다.

사내가 쥐고 있는 무기.

페르노크를 거슬리게 만들었던 그 무기를 보자마자 잠자던 기억의 편린이 머리를 들쑤셨다.

* * *

기사왕은 대장간의 꺼져 가는 불길을 지켜보았다.

[이것이 마지막 광물인가.]

특수한 금속이 재앙에 씨가 말라 버리자, 대장간은 더 이상 무기를 제련하지 못했다.

왕국의 상징과도 같은 불씨는 이제 은은한 열기만을 내 뱉으며 마지막을 고하고 있다.

그런데도 대장장이는 후련한 표정으로 쌓여 있는 무기를 가리켰다.

[예. 하지만 광물을 쪼개고 쪼개서 기사들에게 쥐어 줄 만한 무기를 만들어 냈습니다. 재앙을 토벌하고 영광은 다시 찾아올 것이니, 다시 한번 이곳에 뜨거운 불씨를 지펴 주시옵소서, 전하!]

기사왕이 모습과 형태가 똑같은 무기를 들어 올렸다.

마지막 남은 금속을 조각내서 만든 무기들은 정예 기사들의 무구와 비교할 수 없을 정도로 하찮았다.

하지만 이 보급품에 지나지 않는 무기라 하여도 대적하기에 손색없다.

기사왕은 마지막 보급을 마무리하며 기사들에게 외쳤다.

[전군! 출진하라!]

* * *

"용케 살아남았군."

낯선 사내의 말이 페르노크를 현실로 불러들였다.

페르노크의 놀란 시선은 여전히 사내의 검에 머물러 있다.

시간이 흘러 표식은 흐려졌지만, 분명 마지막으로 제련한 '보급형 아티펙트'였다.

금속이 흘려보내고 있는 힘은 수백 년의 세월이 무색할 정도였다.

관찰안에 포착된 검의 흐름은 확실히 기사왕에게 들었던 아티펙트의 발동 효과와 흡사했다.

"마법사라고 들었는데……."

"아티펙트를 어디서 얻었지?"

페르노크가 사내의 말을 자르며 날카롭게 물었다.

사내는 아티펙트라는 단어를 듣고 마찬가지로 놀란 표정을 지었다.

"……역시, 반테라스의 후손이었나."

구차한 말은 필요 없었다.

어떻게 왕국과 함께 잠들어 버린 아티펙트를 가졌는지.

반테라스의 이름을 정확히 알고 있는지.

저놈을 산채로 끌고 가면 알 수 있다.

"듣던 대로 고고하고 오만한 족속들이군. 세대를 거쳐서도 퇴색되지 않아. 게다가 후손이 마법사라. 저주받은 우리와는 참으로 달라."

긴말이 필요치 않다는 듯 사내 또한 아티펙트의 흐름을 끌어 올렸다.

"시험해 보자고. 네놈들의 피로 우리의 저주가 씻겨나 갈지!"

영문 모를 소리.

하지만 아티펙트만큼은 진짜다.

주인으로 인식한 무기가 금속에 담긴 힘을 개방시킨 다.

날에 실선처럼 그어지는 청색의 아우라.

한밤에도 발광하는 고고한 빛은 도저히 보급형이라 생 각되지 않을 만큼 아름답다.

[금속의 일부분만 사용했기에 온전한 능력을 발휘하지 못합니다. 하여, 사대 계열의 하나가 강제로 정착되도록 만들었습니다. 이 청색은 물입니다.]

기사왕의 기억.

보급형 아티펙트를 완성한 대장장이의 말이 머리를 스 친 순간.

사내가 긴 숨을 들이마시며 휘두른 검이 지면에 물기둥 을 솟구치게 하였다.

[물보라 Lv.3]

물의 흐름을 조작한다.

페르노크가 물기둥 사이를 파고들며 마법을 발동시켰다.

마력이 물기둥에 스며들기 무섭게 페르노크의 의지대로 형태를 바꿔 나간다.

사내는 당황하지 않고 검을 횡으로 휘둘렀다.

물이 페르노크의 의지를 거슬러 반으로 쪼개지는가 싶더니.

쾅!

물기둥이 일제히 터지며 페르노크를 휩쓸었다.

[두드리기 Lv.3]
지면에 진동을 발생시켜 단단한 벽을 솟구치게 한다.

다급히 마법을 전환하여 몸 주위를 기둥으로 둘러쌌다.

충격이 기둥을 흔들고, 물이 틈 사이로 떨어져 내렸다.

연기가 피어오를 정도의 고열을 품은 물이었다.

'아티펙트는 금속에 따라 다른 흐름을 발휘한다. 그리고 그 흐름은 금속이 가진 성질. 즉, 자연 본래의 흐름을 현실에 구현화시키지.'

아티펙트의 정보가 머리를 스쳐 지나갔다.

'마법으로 흐름을 조작하지 못했다는 건, 내 마력과 레벨이 지금 저 아티펙트를 감당하지 못하기 때문이야. 적어도 4레벨 이상의 마법이 되어야만 저 흐름에 간섭할 수 있다.'

4레벨 마법사에게 빼앗은 몇 가지 마법이 떠올랐으나, 다시 3레벨 마법을 일으켰다.

4레벨 마법은 무덤에서 사용해야 하고, 지금 사내가 아티펙트의 성능을 최대치로 끌어 올리지 못하기 때문이다.

'보급형은 아티펙트가 부서질 정도로 성능의 한계치를 모두 터트려야 한다. 부숴야 하는 무기를 애지중지 다루고 있으니, 적어도 놈은 아티펙트에 휘둘리는 견습기사만도 못하군.'

사내는 아티펙트에 각인된 흐름을 낭비하고 있다.

'조금씩 사용하는 저 흐름을 내가 가속화시켜 아티펙트가 자멸하게 만든다.'

콰콰쾅!

페르노크가 기둥을 떨치며, 사방에서 떨어지는 물 폭탄을 막아 냈다.

그와 동시에 정면으로 쏘아지니 사내는 기가 막힌다는 표정으로 검을 휘둘렀다.

"더블이라는 보고가 사실이었나!"

물이 십자 형태의 칼날로 교차되어 전방을 휩쓸었다.

고온을 머금은 수압이 강철조차 가를 만큼 날카롭다.

페르노크는 두드리기의 효과가 사라지기 전, 다시 한번 기둥을 세웠다.

십자 물이 기둥을 부드럽게 가르는 순간.

물이 땅과 맞부딪치는 찰나에 몸을 숙였다.

물이 머리 위를 스쳐 지나감과 동시에 페르노크가 쪼개진 기둥 조각을 사내에게 걷어찼다.

사내가 세로로 길게 그으니 기둥은 반으로 갈라졌다.

쿵!

"……!?"

기둥이 지면과 부딪치는 소리를 틈타, 사내의 코앞까지 거리를 좁혔다.

눈 깜빡할 사이에 벌어진 상황이었으나, 사내는 당황하지 않고 검을 틀었다.

검 날에 물이 아우라처럼 감돌아 절삭력을 높였건만, 페르노크는 두려운 기색 없이 품에 파고들었다.

단검도 없는 맨주먹이었지만 사내는 난폭한 기세에 섬뜩함을 느끼며 뒤로 물러났다.

권사에게 결코 거리를 허용해선 안 된다.

특히나 장검을 가지고 있다면 1미터만 거리를 띄워도 파고든 상대를 요리할 수 있는 이점을 가지게 된다.

사내는 교보재를 충실히 따라 역량을 다져 온 경험 많은 검사였다.

하지만 페르노크의 권술은 사내의 이해를 뛰어넘었다.

"하체가 부실하군."

페르노크가 왼쪽 발을 먼저 밀어 넣었다.

사내는 바로 대응하려 했으나, 어째서인지 몸의 힘이

원하는 만큼 들어가지 않았다.

페르노크가 정확히 사내의 스텝이 꼬일 만한 부분을 선점했기 때문이다.

검은 흔들렸으나 천천히 떨어져 내렸고, 페르노크는 사내의 근육을 관찰하며 움직임을 역으로 이용했다.

깊게 내뻗은 발을 더 앞으로 밀어 버림과 동시에 호미처럼 발등을 당겨 사내의 왼쪽 발을 걸었다.

그리고 검이 떨어져 내리는 것보다 빠르게 사내의 발을 자신 쪽으로 끌어당기고, 회수한 발을 축 삼아 몸을 한 바퀴 회전시켰다.

[돌개바람 Lv.2]
몸 주위에 작은 바람을 불러 모은다.

동시에 발동시킨 마법이 페르노크의 회전을 따라 주위의 바람을 휘어 감았다.

위력은 미약하였으나 코앞의 사내가 휘청거릴 정도의 원심력은 끌어모았다.

쾅!

결국, 중심이 무너진 사내의 검이 애꿎은 땅에 꽂혔다.

그리고 페르노크는 모인 힘을 발바닥에 담아 사내의 복부를 걷어찼다.

펑!

북 가죽이 찢어지는 소리와 함께 사내가 튕겨 나갔다.

"쿨럭!"

피가래 섞인 기침에서 바람 빠진 소리가 함께 들린다.

힘겹게 몸을 일으키려 하지만 곧 복부를 감싸고 주저앉는다.

갈비뼈가 부러진 듯했다.

"허억, 허억."

창백해져 가는 사내를 뒤로하고 페르노크가 검을 들어 올렸다.

표식이 거의 지워졌으나, 반테라스의 수도 포 헬름에서 제작된 아티펙트가 분명했다.

페르노크가 후방에서 몰려오는 습격자들을 느끼며 사내에게 다가갔다.

금방이라도 숨이 꺼질 듯한 모습에 페르노크가 사내의 정수리로 손을 얹었다.

"아직 죽지 마. 물어볼 게 아주 많으니까."

마력이 흘러 들어가자 사내가 정신을 잃고 쓰러졌다.

휘청거리는 몸을 어깨에 걸치며 페르노크가 전방으로 질주했다.

* * *

페르노크는 산 너머, 덩굴 속에 가려진 동굴 안으로 들어갔다.

사내를 내팽개치고 랜턴에 빛을 밝혔다.

얼마 지나지 않아 동굴 밖에서 부스럭거리는 소리가 들렸다.

이윽고 켈트가 동굴 안에 들어왔다.

"무사해서 다행이군. 그런데 이 사람은 누군가?"

이곳은 두 사람의 합류 지점이었다.

불청객이 가쁜 숨을 몰아쉬며 누워 있자 경계심이 드는 것도 당연한 일이다.

"반테라스에 대해서 아는 적."

"뭐!?"

놀람과 당황이 교차하는 눈으로 켈트가 사내와 페르노크를 번갈아 보았다.

"반테라스를…… 하지만 산송장인데……."

"필요한 것만 얻고 죽일 거야. 동굴 좀 가려 봐. 습격자들이 몰려오면 골치 아파져."

"아, 알겠네."

켈트가 동굴 밖으로 나가자마자 페르노크는 사내의 머리에 손을 얹었다.

처음 암살 형제의 습격 이후 다른 습격자에게서 빼앗은 유용한 마법을 사용했다.

[인지 장악 Lv.4]

대상에게 강력한 최면을 걸어 조종한다.

대상과 눈이 마주쳐야 한다.

페르노크의 습격자 중 특이형의 마법사가 있었다.

그자는 시체가 되어도 이상하지 않을 사람을 이 마법으로 조종해 다뤘다.

마력을 가진 마법사는 어느 정도 저항력이 있지만, 일반인은 지독한 최면술에 시달린다.

여기 있는 사내처럼.

"으…… 으으……."

마력 없는 사내는 눈을 뜨자마자 인지 장악에 빠져 버렸다.

동공에 빛을 잃어버린 그에게 페르노크가 무심히 물었다.

"이름."

"넥켈만."

"어느 지역 출신이지?"

"르젠 왕국 티피오르 백작령."

라무스 상단의 본거지다.

"라무스 상단 소속인가?"

"나는 청기십자군이다."

"청기십자군은 라무스 상단과 개별의 집단인가?"

"청기십자군의 보급을 라무스 상단이 맡는다."

"청기십자군은 백작령 소속인가?"

"우린 백작을 따르지 않는다."

"청기십자군의 소속은?"

"아발라."

페르노크의 눈이 휘둥그레졌다.

아발라.

분명 기사왕의 기억에 있다.

사술을 일삼던 배척자 무리.

작은 왕국을 세우려고 백성들을 잡아다 온갖 실험을 일삼던 잔혹한 놈들을 기사왕이 토벌했다.

그리고 그 후손들이 다시는 사술을 쓰지 못하도록 저주까지 내렸다.

'재앙이 대륙을 휩쓸고, 기사의 나라를 소멸시켰다. 아발라도 당연히 사라져야 마땅했을 텐데, 아직도 살아 있었단 말인가.'

기사왕의 기억이 떠올라서인지 아발라에 대한 불쾌감만 솟구친다.

페르노크가 의외의 대답에 흥미를 느꼈다.

"네가 아발라의 후손인가?"

"나는 그분의 명을 따르는 기사일 뿐이다."

"청기십자군의 주인이 누구지?"

"마스터."

"이름은?"

"마스터."

"이 아티펙트도 그자가 주었나?"

"그렇다."

"아티펙트를 만들어 낼 수 있나?"

"불가능하다고 들었다."

"아티펙트는 총 몇 개가 있지?"

"나를 포함해 열한 자루."

페르노크가 고개를 끄덕였다.

아발라는 기사의 나라가 멸망하기 전, 보급형 아티펙트를 따로 빼돌린 듯했다.

그리고 아티펙트는 대대로 이어져, 보급형이라는 사실을 모른 채 후손이 사용 중이고 몰래 세를 불려 나가고 있다.

넥켈만의 대화로 짐작할 수 있는 사실은 이 정도였다.

하지만 소실된 기록을 가진 역사의 후인이 살아 있다는 것.

그 점은 역사를 되짚어가는 페르노크에게 무척 매혹적으로 들렸다.

"나를 죽이려는 이유가 뭐지?"

"반테라스의 후손을 죽여야, 그분의 저주가 풀린다."

"내가 반테라스의 후손으로 보이나?"

"고고학자는 반테라스의 기록을 되짚어갔다. 하지만 너는 반테라스의 표식을 뿌리며 발자취를 더듬어 가고 있다. 게다가 너는 청색 가루에 반응했지. 그 이상 확실한 증거는 없다."

암살 형제가 처음 뿌렸던 가루다.

청색으로 빛나기만 해서 눈을 현혹시키는 용도라고 생각했는데, 아발라는 그 가루로 반테라스의 후손을 구분하는 듯했다.

"그래서 둘 다 죽이려 했다?"

"너는 죽이고, 고고학자는 살려 데려간다. 우리도 반테라스를 찾아야 하니까."

"너희는 반테라스를 얼마나 알고 있지?"

"모든 아티펙트를 지배하는 왕의 검이 있다는 것까지……."

페르노크가 고개를 끄덕였다.

'아발라의 후손은 반테라스의 정보를 가지고 있지만 완벽하지 않다. 그래서 반테라스의 후손이라 짐작하는 나를 죽이고 켈트만 데려가려 했지. 녀석들도 정보에 목말라 있어.'

반테라스의 후손을 죽이면 아발라의 후손이 살아난다.

그런 미신 같은 유례를 믿는 것도 그들의 정보가 부족하기 때문이다.

아발라의 정보에 자신의 지식을 얹어 주면 어떻게 될까.

"마스터는 이곳에 있나?"

"그렇다."

그 순간 페르노크의 미소가 짙어졌다.

* * *

동굴 입구를 가리고 돌아온 켈트는 싸늘하게 죽어 있는 시체를 마주했다.

피비린내를 애써 외면한 켈트가 페르노크에게 물었다.

"그래, 뭣 좀 얻었는가?"

"이 습격자들은 아발라라는 저주받은 부족이야. 내가 반테라스의 후손인 줄 알고 죽이려 했다더군."

"자네를?"

"내가 이곳저곳에 표식을 뿌린 게 화근이 되었나 봐. 그리고 당신은 살려서 반테라스를 연구시킬 생각이었나 본데."

"이런 거지만도 못한 새끼들을 봤나!"

"진정해. 상황은 더 좋아졌어. 놈들도 우리의 지식을 원하고 있으니, 이를 빌미로 놀아 볼 생각이야."

"뭐?"

"놈들은 한 가지 착각하고 있어. 반테라스의 유산이 성지에 있다고 믿지. 하지만 그곳은 성지가 아니야. 휘황찬란한 무언가도 없어."

그곳은 그저 안식을 추구하는 왕의 무덤이다.

"그러니 우리의 지식을 모두 놈들에게 넘겨주고, 무덤 안에 밀어 버릴 거야."

"제정신인가! 우릴 죽이려는 놈들에게 좋은 일을 왜 해 줘!"

"그곳엔 아주 무서운 함정이 도사리고 있어. 그걸 해결할 방법이 필요했는데, 마침 저놈들이 나타났잖아."

페르노크가 검을 들고 동굴 밖에 나섰다.

곳곳에서 좁혀 오는 마법사들의 기척이 느껴진다.

"놈들이 가장 원하는 정보를 넘겨주고, 무덤을 개척해 주는 소모품으로 활용하는 거지."

넥켈만이 말했던 청기십자군의 합류 지점을 떠올리며 페르노크가 씨익 웃었다.

"함정을 제거하게 만들고 우린 안전하게 무덤에 들어가는 거야. 하하하하!"

* * *

그 남자는 불길이 치솟는 산을 바라보고 있었다.

"고작 두 놈을 못 잡아서 이 소란이라니."

싸늘하게 말하며 남자는 몸을 돌렸다.

푸른 십자가를 견갑에 새긴 사내가 무릎 꿇고 있었다.

"죄송합니다."

"영주는?"

"더 이상 피해를 확대시키지 말라고 했습니다."

"라무스 상단주에게 영주와 접선해서 일을 마무리 지으라 전해라."

"예, 마스터."

"넥켈만은 아직도 소식이 없더냐?"

"아무래도 당한 것 같습니다."

"쯧쯧. 수백 명을 투입시키고, 아티펙트까지 주었거늘. 기사라는 놈들의 역량이 참으로 실망스럽구나."

사내가 고개를 들어 올려 굳은 표정으로 말했다.

"제게 기회를 주신다면 당장 두 놈을 죽이겠습니다."

"피켈, 너 혼자로도 무리일 것 같구나."

"아닙니다. 마스터 저는……!"

"기사단 전원을 투입시킨다. 넥켈만의 아티펙트를 회수하고 반테라스의 후손은 죽인다. 고고학자는 내게 끌고 와. 저항하면 팔과 다리를 잘라도 좋다."

"……예."

"확인해 보자꾸나. 반테라스의 후손을 죽이면 이 빌어먹을 일족의 저주가 진정 씻겨 나가는지."

사내가 다시 산으로 고개를 돌렸다.

피켈은 가볍게 읍하고 청기십자군을 모두 소집하여 산으로 향했다.

'4레벨 마법사를 죽이고, 포위망에서 날뛰며, 넥켈만을 제압할 정도의 실력. 우리 아발라는 이토록 저주받는데,

반테라스는 그 후손까지 비범하다니.'

사내는 고고학자 켈트가 협회에 반테라스의 표식을 뿌린 순간부터 감시해 왔었다.

적당한 결과물이 나온다면 붙잡을 생각이었으나, 켈트는 변변찮은 성과조차 못 냈다.

그럼에도 한 가닥 기대를 걸고 지켜보던 어느 날.

페르노크가 켈트와 협동해서 반테라스 조사를 진행한다는 보고를 듣게 되었다.

실제로 확인해 보니 페르노크는 관계자들에게 반테라스의 표식을 뿌리고 있었다.

그때부터 사내는 페르노크를 주시했다.

모든 역사가 소실된 상황에서 반테라스를 명확히 표현하고 찾아낼 사람은, 그 전승을 이어받은 후손뿐이라고 생각했으니까.

그리고 페르노크는 사내가 일찍이 조사해 왔던 반테라스의 유물을 정확히 찾아 나갔다.

단순히 역사를 더듬어 간다고 변명하기엔 지나칠 정도로 반테라스를 이해했다.

사내는 아발라에 전해져 내려오는 금속 가루를 사용했다.

그것은 반테라스의 후손과 닿은 즉시 푸른빛을 띠게 된다.

그리고 암살 형제들이 페르노크에게 가루를 뿌려 마지

막 확인 작업을 마친 순간, 사내는 그를 명확히 죽여야
할 적으로 인식했다.

  반테라스의 피로 온몸을 적시는 그날.
  아발라는 해방되어 후손은 영광을 누리리라!

  아발라에 대대로 전해져 내려오는 전승을 확인하고 싶
었던 것이다.
  '마법사들이 날뛰는 이 특별한 세상에서 아발라의 특별
한 힘을 이어받아야 할 우리는 저주받아 평범한 자들로
전락하고 말았다. 반테라스의 영광을 거머쥘 수만 있다
면, 아발라의 숙원이 내 대에서 이루어지리라.'
  사내가 손등을 눈앞에 들어 올렸다.
  뿌연 살점에 홍색 반조가 떠오르기 시작한다.
  자손 대대로 내려오는 저주였다.
  "마스터!"
  사내가 소매를 손등까지 내리며 뒤를 돌아보았다.
  피켈이 들뜬 모습으로 찾아왔다.
  "왜 위로 올라가지 않고 여기 온 것이냐."
  "고고학자를 붙잡았습니다."
  "반테라스의 후손은?"
  "고고학자가 놈이 숨어 있는 곳을 알고 있다는데, 묘한
소리를 합니다."

"무엇을?"

"저주를 해결할 방법을 안다고, 직접 찾아뵙길 청하고 있습니다."

"……뭐?"

"고고학자가 직접 찾아와 한 말입니다. 어찌할까요?"

사내가 싸늘히 말했다.

"데려오라."

"예, 마스터!"

피켈이 나간 뒤, 얼마 지나지 않아 양손이 줄에 묶인 켈트가 들어왔다.

피켈이 방문을 닫자 켈트는 마른침을 꼴깍 삼키며 사내를 응시했다.

"크, 크흠. 마, 만나서 반갑소! 나는 켈트라고 하오. 고고학자고 반테라스를 뒤쫓는……."

"직접 나를 찾아왔다고?"

"……그, 그렇소."

"왜지?"

"우린 영문도 모르고 습격받았소. 한데, 넥켈만이란 자에게 그 이유를 들었지. 그리고 페르노크는 그 문제의 해결 방법을 알고 있소."

"내 문제가 무엇이더냐."

"저주받은 아발라의 후손은 절대 그들이 가진 특별한 힘을 사용하지 못할 것이며, 나이 50을 넘기지 못하고 죽는다."

사내가 입매를 뒤틀었다.

"진정 반테라스의 후손이었군."

"아니오. 그는 나처럼 반테라스를 뒤쫓는 자요."

"헛소리! 저주는 그 어떤 기록에도 실리지 않았다! 이
저주를 아는 사람은 아발라 일족이거나 직접 저주를 행
한 기사왕의 후손뿐이다! 그걸 아는 자가 어찌 후손이 아
니라 할 수 있단 말이냐!"

"그 또한 기록을 전승받았소. 내가 아는 건 그것뿐이
오. 하지만 페르노크는 이 말을 전해 달라 하였소."

목을 가다듬은 켈트가 힘껏 외쳤다.

"아발라가 원하는 것은 성지에 있다! 그리고 나는 성지
를 찾았다! 서로가 만족할 답을 위해 협력하는 건 어떻겠
는가!라고 말이오!"

"아발라에 대해 아는 놈이 그딴 헛소리를 지껄인다
고?"

"애초에 뒷조사를 허술히 해서 습격을 감행한 것도 그
쪽 아니오. 우린 너무 지쳤고, 성지에 가고 싶을 뿐이니,
그걸 문제 삼지 않겠소."

"페르노크는 어디 있느냐."

"나를 다시 돌려보내면 협력하겠단 신호로 받아들여
그를 데려오겠소. 혹시나 해서 말해 두지만, 당신들이 다
시 추적을 시작하거나 포위망을 형성한다면 그 즉시 우

린 이곳을 떠날 것이오."

"간덩이가 단단히 부었군."

"여기서 내 목을 친다 해도 상황은 달라지지 않소. 자,
선택하시오. 같이 손을 잡고 원하는 것을 얻을 테요? 아
니면 나를 죽이고 영원히 저주에 갇혀 살겠소?"

"피켈!"

바로 문이 열리며 피켈이 들어왔다.

"이놈을 가두고 산을 이 잡듯이 뒤져라!"

"예!"

켈트는 순순히 피켈에게 끌려갔다.

사내는 불길이 진화된 산을 물끄러미 바라보았다.

하지만 아무리 시간이 흘러도 페르노크의 그림자조차
찾지 못했다.

날이 밝을 때까지 우두커니 서 있던 그가 인상을 찌푸
리며 피켈을 불렀다.

"모든 병력을 철수시키고, 켈트를 풀어."

* * *

켈트가 산으로 사라진 지 반나절도 지나지 않아 페르노
크가 찾아왔다.

수많은 병력들이 시퍼렇게 눈을 뜨고 있음에도 페르노
크는 산책이라도 나온 것처럼 느긋하게 저택 안으로 걸

어갔다.

그 안에 10명의 청기십자군이 아티펙트를 들고 서 있었다.

'죄다 보급형이군.'

넥켈만의 것처럼 출력을 남발했다간 바스러질 무기들이다.

"아티펙트는 이곳에 두고 위로 올라가라. 마스터께서 기다리신다."

페르노크가 피식 웃으며 넥켈만의 아티펙트를 땅에 내려놓았다.

그러자 살갗이 베일 것 같은 살기가 씻은 듯이 사라졌다.

페르노크는 계단을 올라 하나뿐인 문을 열었다.

냉막한 인상의 중년 사내가 앉아서 고개만 돌렸다.

"앉아라."

페르노크가 그의 목덜미를 살폈다.

홍색 반점이 턱까지 치솟으려 하고 있었다.

'저게 저주인가.'

기사왕의 기억을 몇 번 되짚어 봤지만, 저주는 설명만 있을 뿐 형태가 모호했다.

직접 보니 왜 아발라의 후손이 반테라스의 후손을 찢어 죽이려 했는지 알 것 같았다.

'저 반점이 정수리까지 침범하는 순간 저놈은 고통에

몸부림치다 죽는다. 아니, 지금도 상당한 고통에 시달리겠군. 목덜미까지 저주가 진행됐어.'

페르노크가 사내의 맞은편에 앉았다.

그러자 사내는 대뜸 텁텁한 가루를 페르노크 손등에 뿌렸다.

푸른빛이 손등 주변에서 반짝이자 사내는 싸늘하게 말했다.

"이건 반테라스의 후손을 확인하는 우리 일족의 전통이다. 이래도 아니라고 우길 생각이냐."

"산에서 내게 뿌렸던 그 가루였나. 하지만 켈트에게 들었듯이 난 반테라스의 후손이 아니야. 뭔가 착오가 있었군."

"지금 당장이라도 네 목을 칠 수 있다."

"목숨이 얼마 남지 않은 것 같은데 무리하진 말지?"

"이 저주는 반테라스의 왕가가 아니고서야 절대 알지 못해."

"아니, 나는 그 저주를 알고 있어. 왜 이 세상에서 반테라스의 기록이 소실되었는지 모르겠다만, 난 제법 유익한 정보가 담긴 고대의 기록을 얻었지. 그리고 거기엔 네 저주와 아발라에 관한 것들도 적혀 있지."

"말만 번지르르하군."

"아발라. 반테라스의 백성을 잡아 온갖 잔혹한 실험을 하던 사술을 신봉하는 부족. 너희들은 힘을 얻기 위한 대가로 입에 담기 어려운 짓들을 많이 했더군. 오죽하면 정정당당히 힘으로 승부하려던 기사의 나라 너희 일족에게 저주까지 내렸겠는가."

"우리의 힘이 무엇이더냐."

"상대를 꼭두각시처럼 조종하는 인식 장악의 수단. 하지만 사용 못 할걸? 기사왕이 힘의 원천을 막아 버렸잖아. '다홍 표식'으로 말이지."

"이 기록을 어디서 얻었나?"

"석판. 하지만 내가 손을 대자 석판은 사라지고 모든 기록이 내 머릿속에 들어왔어."

"그 말을 믿으라고?"

"믿지도 않을 거면 뭐 하러 나를 불렀겠어. 시답잖은 눈치 싸움은 그만두자고. 단도직입적으로 말하자면 나는 너희 일족의 사술이나 저주엔 관심 없어. 나는 오직 반테라스의 성지를 찾고 싶을 뿐이야."

사내가 노려보자 페르노크는 씨익 웃었다.

"지금 우리 둘의 목적은 너무 간단하지 않나. 너는 저주를 해결하고, 나는 성지를 찾는다. 그 모든 걸 해결할 방법이 결국은 성지에 있어."

"성지? 반테라스가 '재앙'에 멸망한 것을 내 모를 줄 알았더냐."

"하하하, 하나는 알고 둘은 모르네. 반테라스가 자신들이 멸망할 걸 알면서 그들의 찬란한 역사와 문화를 그대로 방치했을 거라 생각하나?"

의미심장한 말에 사내가 입을 다물었다.

"반테라스는 혹시나 모를 사태에 대비해서 그들의 보물을 새로운 '성지'로 옮겼지. 그리고 내가 얻은 석판엔 그곳을 찾는 기록이 적혀 있었고."

"그 성지에 뭐가 있다는 거냐."

"세상 모든 저주를 씻어 낼 기사왕의 용옥."

"용옥?"

"아발라엔 없는 내용인가 봐? 뭐, 사실 용옥의 존재를 아는 사람은 극히 드물지."

"말장난이나 치자고 내가 네놈을 살려 둔 줄 아느냐."

"이게 장난으로 보여? 의심되면 확인해 보라고. 성지에 네놈의 저주를 풀어 줄 용옥이 잠들어 있으니까."

페르노크가 더 이상 할 말 없다는 듯 의자에 몸을 깊숙이 파묻었다.

고개를 들어 올려 느긋하게 사내를 바라보는 시선에서 자신감이 느껴졌다.

한참 동안 말없이 고민하던 사내가 싸늘한 시선으로 페르노크를 노려보았다.

"좋다. 성지에 그 용옥이라는 보물이 있다면 네놈들을 살려 주는 건 물론, 앞으로 행할 모든 연구의 후원을 약속하지. 하지만 용옥이 없다면……."

"내 목을 걸지. 어차피 너희들과 행동해야 하는데, 내가 무슨 수를 쓸 수 있겠어? 그만한 각오는 하고 찾아왔어. 적어도 죽일 것처럼 행동하진 않았으면 좋겠군."

페르노크의 말처럼 이후의 행동은 모두 사내의 주관하에 이루어진다.

여기 온 시점부터 모든 일상을 감시받는다.

'용옥…… 정말 그런 게 있단 말인가.'

선조는 해주의 조건이 반테라스의 후손을 죽이는 것뿐이라 말했었다.

'세대가 흐르며 우리 쪽 기록이 옅어졌거나, 용옥이란 보물을 측근들만 아는 비밀로 남겨 뒀다면, 우리가 용옥을 모르는 이유도 설명된다.'

사내는 페르노크의 자신감이 어떤 근거에서 비롯되었다고 믿기 시작했다.

무엇보다 그가 이제 자신의 손아귀에서 벗어나지 못할 거라는 확신이 추측에 여유로움을 더한다.

'만약, 용옥이 없다면 이놈을 죽이면 그만이다. 빠져나갈 구멍 없는 쥐새끼는 실험용으로 써야 옳지.'

계산을 끝낸 사내가 덤덤히 말했다.

"용옥이 확인되기 전까지 너희의 모든 행동을 구속하겠다."

"다 좋은데, 조사 방식은 철저히 우리 쪽을 따라 줘야 해. 그리고 너희가 아는 반테라스의 정보도 공유해 줘. 참고한다면 더 좋은 방법이 나올지도 모르거든."

"너희가 하는 것을 봐서 내주도록 하지."

"그럼 이 일이 성공했을 때, 우리를 든든히 후원해 주 겠다는 말도 잊지 말라고."

"성지부터 찾는 게 좋을 거다."

페르노크가 피식 웃었다.

"난 페르노크다. 당신은?"

"빅터라고 불러라."

"좋아, 빅터. 지난 일은 잊고 깔끔하게 출발하자고."

페르노크가 건넨 손을 빅터가 맞잡았다.

* * *

빅터는 모두에게 페르노크의 발굴을 지원해 주라는 명 령을 내렸다.

켈트는 페르노크의 뜻대로 모든 것이 이루어지자, 기가 막힌다는 표정이었다.

"대체 이 담력은 어디서 나오는가?"

"당신도 만만치 않던걸."

"농담 말게. 난 정말이지 빅터를 마주 본 순간 오금이 저려서 주저앉을 뻔했네. 죽기 싫어서 이 악물고 한 거 야."

"그 덕분에 우린 아발라라는 든든한 후원자를 얻었지."

"이게 어딜 봐서 후원인가! 감시지!"

"저길 보라고. 라무스 상단주부터 농업 협회 지부장, 용병 단체 등 여러 세력들의 이름 높은 자들이 모두 모여들고 있잖아. 우린 저들을 이용하는 중이야."

페르노크의 말처럼 빅터의 저택으로 모두가 알 만한 거부들이 모여들고 있었다.

"미친 작자들이야. 대체 무슨 영광을 누리겠다고, 저 아발라라는 사악한 놈들과 손을 잡는단 말인가."

"아발라의 저주가 풀리는 날, 세상엔 새로운 나라가 생길지도 모르지."

"그 정도란 말인가."

"아발라는 사람을 조종해. 최고의 술사는 무려 수십만의 인지 조작까지 펼쳐."

"아니, 그럼. 자네는 그런 위험한 놈들의 저주를 정말 풀어 줄 생각인가!"

"내가 왜?"

"용옥이란 게 성지에 있다며."

"그런 게 있다면 내가 먹지 뭐 하러 남한테 주겠어."

"……?"

"용옥은 처음부터 없는 물건이야."

켈트는 황당하다는 표정이었다.

"어쩌자고 그런 거짓말을 해! 용옥이 성지에 없다면 당장 칼을 빼 들고 우리부터 죽이려 할 걸세!"

"하하하하하하하!"

페르노크가 웃음을 터트리며 고개를 저었다.

"말했잖아. 우리가 가는 곳은 무덤이야. 그 무덤은 외부인의 출입을 절대 금하지. 그게 무슨 뜻인 줄 알아?"

눈을 끔뻑이는 켈트에게 페르노크가 웃으며 말했다.

"안식을 해하려는 놈들은 반드시 그 대가를 치러야 한다는 거야."

"하지만 결국, 자네도 위험을 감수해야 하지 않겠나."

"저놈들이 선봉대에 서면 그마저도 줄어들지."

"그럼에도 굳이 위험을 알고서 들어가는 이유가 뭔가?"

페르노크는 문득, 기사왕의 미련을 떠올렸다.

죽음의 순간 그가 봐야 했던 모든 절망감이 누군가에게 집중된 모습.

그것을 바라만 봐야 했던 기사왕의 막막함.

"그곳에 구원해 줘야 할 뭔가가 있으니까."

그 대가로 얻는 것이 기사왕의 아티펙트다.

"놈들은 영전에 발도 들이지 못할 거야."

수백의 병력과 마법사들이 도열한 가운데, 아티펙트를 거머쥔 청기십자군이 막사를 지키고 있다.

이 모든 전력을 합한다면 어지간한 성도 하룻밤에 초토화시킬 것이다.

하지만 이 정도론 부족하다.

더 많은 힘을 모아야 무덤에 도사린 '위험'이 깨어난다.

"무덤에 들어서자마자 절망하겠지."

빅터는 무덤을 모른다.

그러니 자신들이 죽을 걸 모르고, 무덤 안에 용옥이 없다면 페르노크를 바로 죽이겠다는 태평한 소리나 하는 것이다.

"최대한 빅터를 쥐어짜 내서 아발라의 밑바닥까지 긁어모은 다음. 관계된 놈들까지 전부 이 세상에서 지워 버린다. 그리고 기사왕의 영전엔 우리가 들어간다."

알아서 죽어 줄 제물들이 굴러 들어와 주니 기쁠 따름이다.

* * *

아발라와 페르노크는 한시적인 협상을 맺었다.

서로의 신뢰를 다지자는 의미에서 두 가지를 약속했다.

하나, 유적지의 권리는 페르노크 측에 있다.

둘, 지원해 주는 대가로 용옥을 비롯한 특수 유물을 아발라에게 넘긴다.

특수 유물은 페르노크가 지어낸 말이다.

빅터는 페르노크의 말을 온전히 믿지 않았다.

하지만 무덤에 들어서고 난 뒤에 진의를 파악해 봐야

때는 이미 늦는다.

함정에 걸려든 그들은 한 번에 제거될 것이다.

"성지 발굴엔 많은 사람이 필요해. 아발라에서 되도록 많은 실력자들을 보내 줘."

"얼마나?"

"역사에서 사라진 반테라스의 성지야. 수백 년의 세월이 흐른 지금, 지형이 어느 정도로 바뀌었을지 짐작도 못 해."

"그래서 몇 명이 필요해?"

"많을수록 좋지만, 최소 200 이상. 그것도 베테랑들일수록 좋지. 어떤 일이 벌어질지 모르니 전투 요원들이면 더더욱 마음에 들고."

"또 필요한 건?"

"발굴에 필요한 물자. 추가로 필요한 건 발굴하면서 요청하도록 하지."

"좋아. 여기 있는 병력들을 모두 네가 부리도록 해라."

"마법사들까지 말인가?"

"기사단도 내주마. 땅에 파묻힌 유물을 찾거나, 암벽 같은 곳을 부숴서 길을 열어야 할지도 모르니까."

"그쪽도 반테라스를 조사해 왔다고 했던가."

"꽁꽁 감춰져 있어서 큰 소득은 얻지 못했어. 우리 일족에게 전해져 내려오는 기록을 토대로 몇몇 장소를 특정했을 뿐이야."

"그 소소한 기록도 같이 넘겨."

"내일 중으로 모두 준비해 놓도록 하지. 그리고."

빅터가 페르노크에게 검은 팔찌 한 쌍을 건넸다.

"착용해라."

"……."

"마력을 억제하고, 네가 마법을 발동시킬 경우 팔찌가 가시로 변해 네 팔에 박힐 것이다. 그리고 뼈와 살점이 갉아 먹혀 10초도 버티지 못하고 죽는다."

팔찌는 단단해서 마력을 끌어내야 부술 것 같았다.

"난 이제 도망칠 곳도 없어."

"신뢰의 표시다. 성지를 무사히 찾고, 용옥의 존재를 확인하면 바로 풀어 주마."

페르노크가 피식 웃으며 팔찌를 착용했다.

서늘한 감촉이 팔목을 타고 심장까지 오르는 듯했다.

'마력에 반응하는 종류로군. 마력강체술 사용은 불가능하지만, 아타카를 단독으로 활용하면 어떨까.'

마력이 아닌 육체 본래의 힘.

잠재력을 극한으로 끌어내는 아타카라면 팔찌를 손쉽게 떨쳐 낼 것 같았다.

'마력으로 모든 위협을 판가름하는 세상.'

페르노크는 무덤을 떠올리며 웃었다.

'궁금하군. 마력이 벽에 부딪혔을 때, 네놈들은 얼마나 발버둥 칠 수 있을까.'

반테라스의 수도 포 헬름의 대략적인 위치는 이미 계산을 끝냈다.

남은 건, 포 헬름 주위에 파묻힌 무덤의 입구를 찾는 것뿐이다.

* * *

다음 날, 페르노크를 포위했던 아발라의 세력들이 유물 발굴 현장에 투입됐다. 이어서 빅터가 추가 인원을 투입시켰다.

저레벨 마법사들이 증원되자 페르노크의 작업이 한결 수월해졌다.

"여기 유물이 있습니다!"

"조사단장의 말대로 전술 병기라는 유물입니다!"

페르노크는 일부러 포 헬름으로 바로 향하지 않았다.

유물을 발굴시켜 빅터의 기대감을 끌어 올리고 보다 많은 아발라의 간부들을 이곳에 합류하도록 유도했다.

그 결과 일주일도 지나지 않아 처음 보는 면면들이 조사단에 합류했다.

"이자들의 세력이 정말 무섭네. 어찌 귀족들까지……."

켈트의 말문이 막히는 것도 당연했다.

높은 계급은 아니었지만 각 계층에서 활약하는 자들이 눈에 띄었다.

그들은 페르노크가 발굴해 주는 유물에 크게 환호했다.

세력은 크게 불어나, 어느새 수백 명이 넘어섰다.

가히 성 하나와 전쟁을 불사할 정도의 전력이었지만, 지나치는 성마다 그들을 막지 않았다.

수많은 병력들이 성을 지나가도록 내버려 뒀다.

그 모든 수완이 빅터에게서 비롯되었다.

페르노크가 성실히 유물을 발굴해 나가던 어느 날, 빅터는 언덕 위에 그를 불렀다.

"정말 반테라스의 후손이 아니었던가?"

"몇 번을 말해도 입 아프군. 이미 지나간 일이야. 좋을 대로 생각해."

"하기야, 선조의 유산을 팔아먹는 후손이 있을 리가 없지."

"시간 없으니 본론만 짧게 말해."

빅터가 페르노크에게 고개를 돌렸다.

"왜 길을 돌아가고 있는 건가?"

"뭐?"

"포 헬름의 위치를 이미 찾은 것 같은데?"

페르노크를 꿰뚫어 보려는 듯 빅터의 눈동자가 가늘게 좁혀졌다.

페르노크는 순순히 고개를 끄덕였다.

"어느 정도 짐작은 하고 있어."

"그럼 왜 유물 발굴 따위에 시간을 낭비하는 건가."

"오해하지 마. 난 내 추측에 확신을 가지고 싶은 것뿐이야. 알다시피 수백 년이 흐르지 않았나. 유물을 발굴해 가면서 위치를 최대한 특정하는 수밖에 없어."

"딴생각을 품는 건 아니고?"

"내가 아무리 발버둥 쳐 봐야 이곳에서 뭘 할 수 있겠어?"

페르노크가 어깨를 으쓱하지만 빅터는 의심의 눈초리를 지우지 않았다.

'의심이 많은 놈이야. 이대로 계획이 틀어지면 곤란하지.'

빅터는 지금껏 유물을 하나씩 발견할 때마다, 페르노크에게 이것저것 캐물어 왔다.

포 헬름의 위치를 안다고 확신하는 이유도 이런 의심이 쌓였기 때문이다.

아발라의 수장인 그가 직접 무덤에 들어가지 않겠다고 뒤로 뺀다면 곤란하다.

페르노크는 빅터와 아발라의 주요 세력을 묻어, 후환을 남기고 싶지 않았다.

"게다가 이번에 얻은 유물에서 재밌는 걸 발견했어."

"다음 유물로 향하는 장소라고 했었지?"

"그보다 더 흥미로운 내용이야."

"그런 말은 없지 않았나."

"방금 전에 확인했으니까."

페르노크가 품에서 곱게 말린 종이를 꺼냈다.

"내일 오후에 주려고 계속 정리하고 있었어."

빅터가 종이를 활짝 펼쳤다.

그곳엔 지금껏 발굴한 유물을 바탕으로 빅터가 짐작하지 못한 새로운 정보가 적혀 있었다.

포 헬름은 반테라스의 수도일 뿐, 그곳은 성지가 아니다.

진정한 성지는 반테라스의 후손들이 '굴'이라는 형태로 기록했다.

특히, 이번 조사에서 발견한 전술 병기는 '굴'에 들어갈 예정이었다.

반테라스는 멸망하기 전 굴에 나라의 보물을 담아 놨을 가능성이 크며, 그곳에 '용옥'이 함께 잠들어 있을 가능성이 높다.

지금까지 발굴한 유물에 적당한 말을 지어서 써낸 보고서다.

하지만 빅터는 이 정보의 진위를 제대로 파악하지 못한다.

왜냐하면 아발라 측에서 보낸 학자들은 페르노크의 발굴이 그 주장과 밀접한 연관성을 지녔다고 판단했기 때문이다.

전술 병기라는 키워드 하나에 깊이 공감하는 상황에

서, 그를 이용한 거짓 보고를 의심하긴 쉽지 않다.

"포 헬름이 우리가 찾는 성지가 아니라고?"

"이번 전술 병기에 다른 곳으로 향하는 표식이 새겨져 있었지. 그곳이 바로 굴이야."

"굴⋯⋯."

"나는 지하에 위치한 유적 혹은 반테라스의 보물 창고 정도로 보고 있어. 석판에서 얻은 내 기록에는 한 줄짜리 의 짧은 내용이라 크게 신경 쓰지 않았지만 이제야 아귀 가 맞아떨어지지 뭐야."

"무슨 내용이지?"

"깊은 어둠 속에 찬란한 영광이 깃들어 있으니, 결코 방황하지 말지어다."

"그게 굴을 지칭하는 말이라고?"

"추측일 뿐이야. 하지만 이제 결과가 나오지 않겠어?"

페르노크는 태연한 표정으로 단호히 말했다.

"일주일 뒤, 우린 포 헬름이 존재했던 장소에 들어설 거야. 그리고 그곳에서 '굴'의 위치를 특정하겠지. 정신 단단히 붙잡도록 해. 괜히 주저앉았다간 당신은 평생 저 주에 시달릴 테니까."

빅터의 눈이 차가워졌지만 페르노크는 웃으며 몸을 돌 렸다.

빅터는 페르노크를 붙잡지 않았다.

그의 말을 어느 정도 인정했다는 뜻이다.

'간절한 놈이 우물을 찾는 법이지.'

왜 빅터가 이토록 타인의 눈을 신경 쓰지 않으면서 절박하게 세력을 일으켰는지 이해했다.

또한 상단주부터 귀족에 이르기까지, 연관성 없어 보이는 자들이 빅터와 함께하는 이유도 알 것 같았다.

'저주받은 놈들.'

아발라의 후손들은 사술을 일으키지 못하도록 기사왕에게 저주받았다.

후대에 이르기까지 어떤 특별한 힘도 사용하지 못하는 자로 전락하는 결과로 만들었다.

저주만 해결되면, 자신 또한 마법사들처럼 특별한 힘을 얻게 될 것이다!

빅터는 굳게 믿고 있었다.

'저들도 마법사 같은 꿈을 꾸겠지.'

빅터에게 동조하는 자들도 마찬가지다.

그들은 저주받지 않았다.

하지만 아티펙트라는 수단은 그들에게 특별한 힘을 선사한다.

그들 모두, 성지에 잠들어 있는 아티펙트가 특별함을 가져다줄 거라 믿고 있다.

'주어진 것에 만족하지 못하는 놈들은 시대를 막론하고 똑같군.'

인간의 원초적인 욕망을 자극하니, 누구보다 강력한 유

대감이 형성된다.

빅터는 그 힘을 이용할 줄 알았고, 이제 결과로 증명하려 한다.

'힘엔 대가가 따르는 법이야.'

그리고 빅터는 절대 그 대가를 감당하지 못한다.

"무슨 얘기를 나누고 왔는가?"

숙소에서 켈트가 묻자, 페르노크는 피식 웃으며 답했다.

"날 의심하더군. 그래서 가짜를 던져 주고 왔어."

"후우, 살 떨리네. 어느 날 갑자기 저자가 우리를 베어 죽여도 이상하지 않아."

"그럴 일은 없어. 포 헬름이 눈앞이니까."

켈트가 긴장과 기대감이 복잡하게 얽힌 눈으로 페르노크를 바라보았다.

"포 헬름엔 정말 아무것도 없나?"

"없지. 깨끗하게 지워졌어."

"그건…… 슬픈 일이군."

"하지만 '무덤'이 남아 있지. 그것만으로 당신이 원하는 역사를 더듬어 나갈 수 있을 거야."

켈트가 무거운 표정으로 고개를 끄덕였다.

"다만, 명심해. 무덤은 욕망이 지독한 자를 결코 용서하지 않아."

"자네라 해도 말인가."

"위험하지. 그래서 준비해 왔잖아."

페르노크가 막사 밖을 어슬렁거리는 병력을 살폈다.

"무려 554명이라는 제물을 말이야."

* * *

한 달이라는 시간이 지나서 페르노크는 거대한 호수 앞에 도착했다.

"내 예상이 맞는다면 이 호수가 포 헬름의 내성이 있던 자리일 거야."

호수는 깊어 밑바닥조차 보이지 않았다.

고심하는 빅터에게 페르노크는 산맥을 가리켰다.

"우리가 원하는 건 저 산맥 중 하나에 있겠지."

"이 호수가 아니라?"

"반테라스는 잿더미만 남겼어. 그 재를 재앙이 물로 씻었지. 그렇게 만들어진 곳이 바로 이 호수야. 티끌로 돌아간 반테라스의 옛 영광을 더듬는 거라면 말리지 않겠어."

"흐음……."

호수와 산맥을 번갈아 보던 빅터가 고개를 끄덕였다.

"굴이 어딘지도 알겠나?"

"혹시나 모를 사태를 대비해서 만든 굴이야. 보물이나 물자 이송이 빠르게 이뤄져야겠지. 분명, 이곳 근처야. 산맥을 끼고 있을 텐데, 수색이 아니면 답이 없겠군."

"이 넓은 곳을 어느 세월에?"

"한 가지 짐작 가는 건 있어. 기사 두 명을 내 앞에 세워."

빅터가 손짓하자 청기십자군 두 명이 다가갔다.

"아티펙트를 최대한 개방해서 맞부딪쳐 봐."

"뭐?"

"두 번 말하게 하지 마. 전력으로 부딪치라고."

두 기사가 황당하다는 표정으로 빅터에게 시선을 돌렸다.

빅터가 고개를 끄덕이자, 두 기사가 혀를 차며 아티펙트를 개방했다.

쾅!

두 흐름이 충돌하여 산이 울릴 정도의 파장을 뿜어냈다.

페르노크는 관찰안으로 파장이 산맥 어느 방향으로 흘러가는지 확인했다.

"두 번만 더 부딪쳐."

"또?"

페르노크가 답하지 않고 표정을 굳히자, 두 기사가 한숨을 내쉬며 아티펙트를 맞부딪쳤다.

충돌음이 연거푸 들리자 모두의 시선이 이쪽에 집중되었다.

수많은 관심을 한 몸에 받은 페르노크가 마침내 파장의 흐름을 정확히 포착했다.

'그럼 그렇지.'

기사왕의 아티펙트는 모든 아티펙트에 군림하는 흐름이다.

같은 아티펙트가 내뿜는 파장에 반응하는 건 당연한 일이다.

그 파장을 확인하는 방법은 마법사조차 불가능했으나, 페르노크에겐 관찰안이 있다.

이 산맥을 뒤덮은 마력과 동떨어진 흐름을 따로 구분하는 일은 간단하다.

"아티펙트끼린 서로 끌어당기는 힘이 있지. 그리고 방금 아티펙트를 개방하면서 산맥 북쪽 부근이 반응을 일으킨 것 같아."

"……!"

듣던 이들이 놀란 표정을 지었다.

굴의 존재를 확인하는 것보다 아티펙트가 있다는 말을 더 매력적으로 받아들이는 듯했다.

"전 병력을 풀어 북쪽 부근을 뒤지자고."

"모두 움직여!"

빅터가 기다렸다는 듯 편성 끝난 병력을 산맥 북쪽 부근에 파견했다.

페르노크는 켈트와 함께 묶여 청기십자군의 감시하에 이동했다.

'흐름이 분명 이쪽으로 향했어.'

기사왕의 무덤을 열기 위해선 특별한 장치를 조작해야 한다.

최측근들만 장치가 있는 장소를 안다.

지금은 지형이 바뀌어 그 장소마저도 어딘가에 파묻혔을 가능성이 크지만, 그 위치를 특정할 방법이 존재한다.

쾅쾅쾅쾅!

사방에서 아티펙트들이 부딪치는 굉음이 울려 퍼진다.

마력이 흔들리고 아티펙트 특유의 흐름이 산맥을 뒤덮는 순간, 관찰안은 흐름이 모여드는 특이한 곳을 파악했다.

'여기군.'

아티펙트의 파장을 에너지원으로 저장하는 금속.

페르노크는 수풀 속에 가려져 있는 밋밋한 덩어리를 발견했다.

세월이 흘러 색은 퇴색되었지만, 저건 분명 무덤의 입구를 여는 장치가 틀림없다.

'에너지는 충분하군.'

장치에 담긴 에너지는 소모되기 전까지 그 안에 응축된다.

총 두 번 사용할 수 있으며 기사왕을 안치시키기 위해 한 번 사용되었다.

그리고 남은 한 번이 지금 아티펙트들이 발하는 흐름에 호응하여 깨어났다.

"잠깐, 사람들의 시선을 끌어 줘."

"응?"

켈트가 의아한 것도 잠시.

곧 그는 나뭇가지를 잘못 밟아 굴러떨어질 것 같은 사람처럼 소리를 지르기 시작했다.

"아이구, 나 죽어! 나 죽는다고오!"

모든 시선이 켈트에게 집중된 순간, 페르노크는 기사왕의 기억을 떠올리며 장치를 만졌다.

'무덤으로 향하는 입구는 총 두 개.'

하나는 무덤에 왕의 물건을 옮기는 안전한 입구.

다른 하나는 안식을 방해하는 자들을 처리하기 위한 가짜 입구.

'질펀하게 놀아 보자고.'

페르노크는 가짜 입구의 문을 열었다.

크그그그그긍!

산맥 전체가 지진이라도 난 것처럼 떨리기 시작했다.

이윽고 누군가의 함성이 들려왔다.

"여, 여기! 뭔가가 있습니다아!"

"입구다! 반테라스의 표식이 새겨져 있다!"

빅터와 아발라의 간부들.

산맥 북쪽 부근을 살피던 모든 이들이 그곳으로 달려갔다.

지옥문이 열리는 순간, 페르노크는 은밀히 진짜 입구의 문을 열었다.

7장. **무덤**

무덤

"정말이군! 성지는 실존했어!"

빅터가 치솟은 입구를 바라보며 흥분했다.

산이 진동하며 바위를 뚫고 모습을 드러낸 문은 반테라스의 표식이 그려져 있었다.

아발라의 후손들에게 전해지던 지긋지긋한 반테라스 왕가의 상징이다.

"이곳이 네가 말한 '굴'이 맞는 거겠지?!"

"아마도 여기밖에 없겠지. 아티펙트에 반응해서 문이 열렸으니까."

"하하하하, 대단하군! 아티펙트가 없이는 찾지도 못하게 만들어 놓다니, 지독하고 치밀하다! 세상에 아티펙트가 한 자루도 남지 않았다면 이곳은 영원히 봉인되었을 거야!"

빅터는 이곳이 페르노크가 열어 놓은 가짜 입구라고 생각조차 못 했다.

내부를 살짝 들여다본 아발라 측 학자들이 입을 모아 이렇게 외쳤기 때문이다.

"벽화입니다!"

"오오! 반테라스의 탄생과 멸망을 담고 있습니다!"

"안이 끝도 없이 깊습니다! 창고로써 이만한 곳이 없겠군요!"

성지를 찾아 저주를 해결하려는 아발라의 후손들.

그리고 아티펙트를 이용해 타고나지 못한 특별함을 갖추려는 권력자들.

그들이 흥분한 시선을 입구에 보내기 시작했다.

"병력을 분대로 나눠 교대로 투입시킨다!"

기사가 외치자, 페르노크는 바로 반박했다.

"학자들과 병력을 모두 안으로 투입시켜야 한다."

"안에 어떤 위험이 도사릴 줄 알고……."

"보물 창고다. 재앙이 덮쳐 오는데 함정을 만들고 말고 할 여유가 어디 있나. 아니, 설령 함정이 있더라도 수백 년 전의 인간들이 설계한 잡동사니일 뿐이다. 마법사와 아티펙트 기사가 있는데 그거 하나 못 견뎌 낼까."

페르노크가 빅터를 돌아보았다.

"내부는 넓고 방대하다. 병력을 나누더라도 최대한 많은 인원을 투입시켜 내부를 확인해야 해."

고민하던 빅터가 기사 세 명을 안에 투입시켰다.

기사들은 얼마 지나지 않아 밖에 나왔다.

"내부에 갈래 길이 많습니다."

"각 길마다 벽화가 있습니다."

"기름에 불을 붙였더니 안까지 이어졌습니다."

빅터가 페르노크를 보았다.

페르노크는 콧김을 뿜으며 말했다.

"거봐. 내부는 방대해. 게다가 길이 여러 갈래라는 건, 아마도 병장기나 보물, 식료품 등을 구분하기 위한 것이겠지. 이런 표시가 있는지 다시 한번 확인해 보라고 해."

페르노크가 반테라스 인들이 사용하던 몇 가지 표식을 그려 줬다.

기사들이 다시 안으로 들어갔다 나오며 놀란 표정을 지었다.

"이것과 똑같은 표시가 위에 통로 위에 그려져 있었습니다!"

창고로 착각시켜 적을 유인하기 위한 함정이다.

하지만 그 시대에 살지 못했고, 기사왕의 지식이 없는 자들은 당연히 오해할 수밖에 없었다.

"총 몇 갈래 길이지?"

"일곱 갈래입니다."

빅터가 고개를 끄덕였다.

"10인 1개 조로 7조를 만들되, 각 조장은 경험 많은 마법사와 기사를 배치한다. 그리고 선두는 페르노크가 맡는다."

"나를?"

"네가 조사단장이다. 7갈래 길의 어디든 좋아. 뭔가 알아내서 가져와라. 그때까지 네 동료는 이곳에 남는다."

페르노크가 미간을 찌푸렸다.

"이게 뭐 하자는 수작이야!"

"무사 귀환을 바라는 의미일 뿐, 다른 뜻은 없다."

"여기까지 와서 내가 다른 마음이라도 품을 것 같아?"

"얘기는 끝난 것 같군. 바로 움직이지."

빅터가 손뼉을 마주치자 기사와 마법사들이 조를 편성한다.

각 조에 학자들을 한 명씩 배치하였고 두꺼운 갑옷까지 입으며 중무장을 끝마쳤다.

페르노크는 터져 나오려는 웃음을 참으려 화를 내는 척 연기했다.

'생각보다 더 많이 분단됐군.'

한 번에 저 안으로 들어갈 거라고 생각하지 않았다.

용의주도한 사람일수록 조심스럽게 들어가려 하는 법.

병력을 소수로 쪼개서 교대로 투입시킬 거라 판단했다. 그리고 예상 이상으로 질 좋은 마법사와 기사들이 선발되었다.

'이곳에서 감시하는 건 불가능해.'

안이든 밖이든, 가짜 입구로 들어가 '장치'를 발동시키는 순간, 이 산맥 전체가 지옥도로 변할 것이다.

페르노크가 본심을 숨긴 채 신경질적으로 사람들을 밀쳤다.

"서로 필요한 것들을 나누겠다는 약속, 잊지 말라고."

"하하하, 물론이지. 이런 형태여서 유감이지만, 난 지금 네가 반테라스의 후손이 아니라고 믿기 시작했어. 선조의 보물을 팔아넘기려고 앞장서는 존재가 후손일 리 없으니까."

페르노크는 눈살을 찌푸린 채 빅터와 켈트를 번갈아 보았다.

켈트가 바짝 붙어 감시하는 병사들에게 불안한 표정을 짓고 있었다.

하지만 페르노크에게 들어가지 말란 조언을 하진 않았다.

이미 그에겐 지옥을 탈출할 방법을 설명해 줬기 때문이다.

"후우, 들어간다!"

페르노크가 70명의 조사병을 이끌고 가짜 입구로 들어갔다.

벽면 사이로 기름이 흐르는 작은 관이 있었다.

불을 붙이니 내부 깊숙이 새겨진 벽화가 보였다.

환한 대낮이 되어 버린 통로를 걸으며, 감탄하는 학자들의 목소리에 귀를 기울였다.

"반테라스의 탄생! 이자가 그 기사왕인가!"

"그 옆의 신하들이 트라이포스라 불리는 자들이겠군!"

"오오, 이 검은 덩어리가 재앙이로다!"

"반테라스가 살았다면 대륙은 하나로 통일되었을 텐데……."

기사가 페르노크 옆에 다가왔다.

"벽화 구경이나 하자고 여기까지 온 게 아니야."

"벽화밖에 없는데 뭘 하라고."

"길이 여러 갈래다. 그중 위험한 곳도 있지 않겠나."

"말했잖아. 각 창고를 나누는 기준이라니까."

"글쎄. 이런 곳엔 꼭 침입자를 막아서는 뭔가가 있더군."

기사가 서슬 퍼런 바람이 흘러나오는 통로 한 곳을 바라보았다.

감이 좋은 녀석이다.

그곳은 보물이라 표시되어 있지만, 실제론 함정이 발동되는 특별한 장소다.

아무래도 함정을 발동시켜 줄 사람은 이 기사가 적임자다.

"표식대로 창고에 물품이 보관되어 있을 거야. 일단, 나는 보물 쪽으로 가 보지. 한 개 조만 따라붙어."

"내가 간다. 나머지는 각자 통로를 살피도록."

"예, 찰스 경."

페르노크가 뭐라 하기도 전에 각자 나눠진 길로 들어갔다.

말뿐인 조사단장.

그리고 유독 강해 보이는 찰스와 조원 9명이 따라붙는
이 상황.

예상했던 수순이 그대로 이어지니 참았던 웃음이 흘러
나오고 말았다.

"뭘 발견했나?"

"새로운 역사의 발견은 언제나 기분이 좋지. 저길 보라
고, 뭔가 반짝이지 않아?"

찰스가 조원들을 정지시키고 아티펙트를 뽑아 들었다.

천천히 보다 넓어진 공간에 들어선 순간, 찰스의 눈이
휘둥그레졌다.

"아티펙트?"

낡은 무기들이 나뒹구는 장소에 홀로 백색의 자태를 뽐
내는 장검.

찰스는 그 장검이 자신이 가진 아티펙트보다 상위의 물
건임을 눈치챘다.

아티펙트를 소지한 자들은 다른 아티펙트가 뽑어내는
특별한 흐름을 느낄 수 있다.

백색의 장검은 매혹적일 정도의 흐름을 흘려보내는 중
이었다.

"저건 상위기사들이 사용하던 아티펙트다!"

"뭐?"

"분명해! 상위기사들은 아티펙트를 만들 때, 보급형보

다 월등한 재료를 사용해! 그렇게 만들어진 아티펙트는 상위기사의 재능에 따라 고유한 색을 드러내지! 특히 순백은 상위기사 중 소수만 가졌다고 전해져! 내가 분명 전승하면서 확인한 사실이야!"

"모두 정지!"

찰스가 빠르게 조원들을 뒤로 물렸다.

"함정을 살핀다!"

흥분을 간신히 억누른 그가 혹시나 모를 사태까지 염두하고 움직인다.

조원들은 낡은 무기들과 공간 곳곳의 실낱같은 선까지 살펴본다.

하지만 함정은 발견될 리가 없다.

"괜찮습니다!"

"아무것도 없어요!"

"찰스 경! 여긴 보물이 아니라 병장기 창고인 듯합니다!"

학자마저 거들자 찰스는 욕망을 서슴없이 드러냈다.

오른손에 본인의 아티펙트를 쥐고 백색의 장검으로 걸어갔다.

가까이서 마주하니 장검의 흐름은 자신의 것보다 압도적인 흐름을 뿜내고 있다.

'아티펙트는 먼저 손에 쥔 자를 주인으로 인식한다! 이전 주인이 죽었으니, 이걸 쥐면 나도 상위기사의 아티펙

트를 가지게 되는 거야!'

빅터의 질책은 한 귀로 흘려들을 각오까지 되어 있다.

아발라에서 보급형 아티펙트를 받은 청기십자군은 모두 반테라스의 기사 체계를 알고 있다.

상위기사가 가히 일인 군단에 필적할 역량임을 알기에 그들의 아티펙트가 탐날 수밖에 없다.

찰스가 두근거리는 심정으로 백색의 장검을 거머쥐었다.

그 순간.

"지옥에 온 것을 환영한다."

페르노크의 서늘한 목소리와 동시에 찰스의 모든 것이 장검으로 빨려 들어갔다.

그리고 장검에서 터져 나온 하얀 연기가 모든 생명을 집어삼켰다.

오직 페르노크만이 유유히 그곳을 빠져나갔다.

* * *

끼아아아아악!

한 서린 여인의 날카로운 목소리가 산을 뒤흔들었다.

"……"

때 아닌 섬뜩함이 빅터의 의문을 자아낼 무렵, 입구에서 흰 연기가 흘러나왔다.

눈 깜빡할 사이 사방이 안개처럼 뿌옇게 뒤덮였다.

"무슨……."

모두가 의아할 때, 켈트는 페르노크가 말한 그 시간이 찾아왔음을 느꼈다.

"지금부터 내가 하는 말을 반드시 지켜. 그래야 살아."

페르노크는 안으로 들어가기 전, 켈트에게 단호한 목소리로 말했다.

"이 안에 산 전역을 전쟁터로 만들 위험한 물건이 잠들어 있어. 난 그걸 발동시킬 거야. 그 전조는……."

비명, 안개.

그리고…….

"뭐, 뭐야!"

"기습이다!"

환영.

안개 속을 돌아다니는 실체 같은 환영이라고 했다.

"……환영에 베인 자는 실제로 칼에 찔린 것처럼 죽어. 여기서 이 환영을 떨쳐 낼 만한 실력자는 존재치 않아. 그러니 당신은 환영이 보이거든 다른 놈들에게 들키지 말고 반드시 이렇게 행동해."

켈트가 안개 속에 드리운 그림자를 발견했다.
비명이 난무하는 가운데 오직 그것에만 초점을 맞췄다.
스스스슷!
안개를 가르며 날아오는 그림자를 보자마자 켈트가 넙
죽 엎드렸다.
그리고 페르노크가 가르쳐 준 반테라스 '고유의 언어'
로 속삭였다.
"찬란히 빛날 우리의 영광을 위하여 나의 모든 것을 나
라와 왕에게 바친다."
켈트가 고개를 조아렸다.
뒤통수에 서늘한 무언가가 스치는 듯했다.
식은땀이 비 오듯 쏟아질 무렵, 안개 속의 비명이 서서
히 멀어지기 시작했다.
켈트가 고개를 들어 돌리자, 보이는 것은 시체들뿐이었다.

"당신이 반테라스 소속이라고 천명한 순간, 환영은 그
렇지 않은 자들을 뒤쫓는다. 그리고 반드시……."

켈트가 가짜 입구로 빨려 들어가는 수많은 그림자들을
바라보았다.

"……이 입구 안으로 밀어 넣는다. 밖에 적이 없다고
판단한 순간부터 안개는 사라지고, 입구는 '밀봉'된다."

안개가 가짜 입구로 빨려 들어가 새하얀 장막을 친다.
순식간에 입구는 새하얗게 가려져 숨 하나조차 밖으로
빠져나오지 못하게 막았다.
켈트가 주위를 둘러보았다.
미처 환영에 대처하지 못한 시신들이 참혹한 형태로 널
브러져 있었다.

"저 가짜 입구 안에도 진실로 향하는 방법이 있어. 그
러니 내 걱정은 말고 '진짜' 입구로 오도록 해."

정신을 번쩍 차린 켈트가 페르노크의 말을 떠올리며 산
맥 서쪽으로 향했다.

* * *

"입구가 막혔습니다!"
기사들이 다급하게 소리쳤다.
가짜 입구에 들어온 병력들은 놀란 가슴을 진정시키기
도 전에 환영과 마주했다.
"다 베어 버려!"

어떻게 된 일인지 파악할 겨를도 없었다.

빅터의 명이 떨어지자 병사들은 일사불란하게 움직였다.

수백 명을 수용하고도 남을 만큼 내부는 깊고 넓었다.

환영에 충분히 대처할 것처럼 보였다.

"이 정도면 아슬아슬하겠군."

익숙한 목소리가 들림과 동시였다.

딸칵.

서늘한 소리가 등줄기를 뻣뻣하게 만들었다.

"아아아악……!"

눈 깜빡할 사이에 벌어진 일이었다.

병사들의 발밑이 부서지더니 끝도 없는 어둠 속으로 떨어져 내렸다.

진형이 순식간에 붕괴되었고, 환영이 남은 자들을 덮쳤다.

마법사들과 기사들이 힘겹게 돌파구를 마련했다.

"이쪽으로!"

앞서 진입한 수하들과 합류하기 위해 빅터는 7갈래 길로 뛰기 시작했다.

그 순간, 재빠른 무언가가 습격했다.

까앙!

기사가 바로 반응했으나, 검은 팔찌에 가로막혔다.

"단단해서 좋네."

"페르노크!"

빅터가 눈을 부릅뜨자마자 페르노크의 양팔이 부드럽게 움직였다.

팔찌로 마력과 마법을 봉쇄당한 자의 움직임이라고 생각하기 어려울 정도였다.

아타카의 힘을 모르는 이들은 페르노크의 기형적인 모습에 당황하며 아티펙트를 발동시켰다.

페르노크가 거칠게 휘몰아치는 아티펙트에 검은 팔찌를 부딪쳤다.

쾅!

팔찌가 산산조각이 나기 무섭게 페르노크는 마력을 개방시켰다.

아타카에 마력이 덧씌워져 마력강체술로 승화되고, 유체 강화 계열 마법이 합쳐지자, 모든 움직임이 폭발적으로 가속되었다.

콰콰콰쾅!

좁아지는 통로였다.

후방의 마법사들이 원소 계열을 난사했다간 빅터와 기사들까지 함께 쓸려 나간다.

마법사들이 이러지도 저러지도 못하는 사이 환영이 후방을 휩쓸었다.

난전에서 페르노크의 다양한 마법은 기사들의 아티펙트를 손쉽게 요리했다.

서걱!

기사의 목이 잘려 피가 분수처럼 솟구쳤다.

새빨간 핏방울을 가르며 페르노크는 빅터에게 쏘아졌다.

"애초에 성지는 없어. 이곳은 무덤이야."

기사 둘이 아티펙트를 교차하듯 밀어붙였다.

페르노크가 허리를 젖혀 날카로운 날을 피하고 뒤이어 찾아온 아티펙트의 원소를 상반된 속성의 마법으로 막았다.

"이 환영은 너희의 생명을 빨아먹으며 증식한다. 너희가 죽어야만 사라져."

"주, 죽여!"

빅터가 뒤로 도망치며 소리쳤다. 하지만 그곳에도 길은 없었다.

일곱 갈래 길에서 온갖 함정들이 쏟아졌기 때문이다.

처음 페르노크와 함께 상위기사의 아티펙트를 들었던 자들부터, 다른 길로 들어간 자들까지 모두 죽었다.

남은 자들은 내부에서 힘겨운 싸움을 이어 가지만 그 또한 오래가지 못한다.

그그그그궁!

가짜 통로가 침입자를 보다 빠르게 죽이기 위한 최적의 장소로 재구성된다.

"도, 돌파한다!"

"마스터를 모셔라!"

생존자들이 다급하게 움직여 보지만, 그들은 함정을 벗어나지 못했다.

모두 절망 어린 표정을 짓는 가운데, 기사들과 겨루는 페르노크만은 함정을 어린 아이의 장난처럼 가볍게 피해 나간다.

"이깟 함정이 무서워 제대로 명령도 못 하는데, 어떻게 감히 내 수하를 비웃고 저주를 벗어나려 했단 말이냐."

이것은 페르노크가 기다린 함정이 아니다.

진정한 위험은 이제부터 시작될 '그것'에 있다.

그리고 그것과 싸우기 위해선 패를 늘려야만 했다.

"어리석고 미련한 놈들. 너희 덕분에 싸울 방법이 생겼다."

페르노크가 전면전을 감행했다면 오히려 그가 죽었을지도 모를 막강한 군세.

아발라의 신봉자들.

500명이 넘는 그들의 영력.

3, 4레벨의 전투 마법사들이 남긴 마력과 마법.

이곳의 함정을 이용해 그들을 구렁텅이로 몰아넣고 손쉽게 원하는 힘을 얻었다.

퍼억!

아티펙트와 함께 기사를 때려죽인 페르노크가 빅터와 눈이 마주쳤다.

페르노크는 웃었다.

그리고 소용돌이치는 아찔한 마력에 빅터는 새하얗게
질렸다.

* * *

소란이 들린다.

누구인가.

누가 그분의 안식을 방해하는가.

크그그그궁!

오랜 세월 동안 한 자리를 지키던 거인이 마침내 몸을
일으켰다.

그는 무덤을 보호하는 가디언이자, 페르노크가 경계해
왔던 진정한 위험이다.

트라이포스.

기사왕을 신봉했던 세 명의 검.

그들은 재앙과의 사투에서 죽었으나, 단 한 명은 미련
을 품고 아티펙트에 깃들어 이곳에 안치되었다.

생전에 기사왕을 지키지 못했다는 한(恨).

그로 인한 사념은 지금의 환영처럼 실체를 가지기 시작
하여, 이윽고 그것은 아티펙트를 통해 발현되어 실체와
도 같은 힘을 가진다.

그것이 비록 살아생전의 10분지 1도 담아내지 못한다
고 하나.

그 기세와 분노는 무덤에 뻗어나가고 있으니.

[안식을 기리는 장소에 허락받지 못한 자가 찾아왔구나.]

무덤에 남겨진 진정한 위험.

일찍이 최흉의 기사라 불린 그가 수백 년의 세월을 뛰어넘어 마침내 아티펙트를 움켜쥐었다.

* * *

"마, 막아!"

빅터가 다급하게 뒷걸음질 치며 외쳤다.

청기십자군 둘이 페르노크에게 달려들었고, 자연 계열 마법이 통로를 가득 채웠다.

페르노크는 마력강체술을 끌어 올리며 전방으로 돌진했다.

쾅!

페르노크가 쳐 낸 마법이 통로 한쪽에 구멍을 뚫었다.

구멍에서 튀어나온 환영이 통로의 혼란을 가중시켰다.

하지만 청기십자군은 환영에 휩쓸리지 않았다.

그들은 아티펙트를 개방하며 불과 얼음의 흐름을 끌어냈다.

통로가 삽시간에 얼어붙고 정면에선 날카롭게 다듬어

진 불씨가 쏟아진다.

[커팅 Lv.4]
바람을 칼날로 만든다.

페르노크가 손을 털자 바람이 여러 개의 칼날로 변하여
불씨를 갈랐다.
사그라지지 않는 기세가 기사들의 아티펙트를 두들길
때, 페르노크가 단숨에 거리를 좁혔다.
쾅!
예리하게 파고드는 마법을 몸만 살짝 틀어 피하고, 기
사의 참격을 주먹으로 맞받아쳤다.

[강화 Lv.3]
육신을 단단하게 다듬는다.

강철화만큼 강도를 끌어 올리지 못했으나, 페르노크의
마력강체술과 섞이자 날붙이도 쉽게 뚫어 내지 못할 강
도로 거듭났다.
까앙!
"……!?"
살갗이 베이지 않는 걸 확인한 기사의 눈이 경악으로
물든다.

페르노크가 한 발을 앞으로 내딛자, 기사들은 바로 물러났다.

검을 휘두를 간격을 빼앗겼기 때문이다.

그들은 교차로에서 거리를 두며 다시 태세를 바로잡을 생각이었다.

딸칵.

기사의 뒷발이 휑해졌다.

"오른쪽!"

동료 기사가 뒤에서 소리침과 동시에 기사는 왼쪽으로 몸을 굴렸다.

그가 밟으려던 발판이 어느새 부서져 있었다.

섬뜩함이 목덜미를 타고 흐른 것도 잠시.

기사 앞에 그림자가 길게 늘어진다.

"한눈팔면 안 되지."

아티펙트를 들어 올릴 여유조차 주지 않았다.

한 번 자세가 흐트러진 기사는 그대로 페르노크에게 머리를 짓밟혔다.

"쟈스!"

뇌수와 피를 보며 절규하는 동료 기사가 불을 흩뿌렸다.

페르노크는 몸을 둥글게 말아 최대한 지면을 타고 이동했다.

불이 몸을 두들겼으나 강화된 육신을 주저하게 만들지 못했다.

콰득!

거리를 확보하기 위해 휘두른 기사의 왼팔을 주먹으로 후려쳤다.

아티펙트를 제외한 기사는 평범한 사람과 다를 바가 없다.

기형적으로 꺾여 버린 팔에 기사는 비명 대신 불꽃으로 화답했다.

아티펙트에 날처럼 휘감긴 불이 페르노크를 태워 버릴 기세로 달려들었다.

피할 필요도 없었기에 정면에서 마주보았다.

"과부하."

절반도 휘두르지 못한 채, 아티펙트는 산산조각이 났다.

당황하는 기사의 시야 너머, 페르노크가 싸늘하게 노려보고 있었다.

"자기 무기의 한계도 재지 못한 건가."

"아아아아……!"

기사가 비명을 내지르며 아티펙트의 검병이라도 휘두르려 했으나, 무기가 부서진 시점에서 마력강체술을 뚫기란 불가능했다.

퍼억!

페르노크의 정권에 기사의 머리가 터져 버렸다.

사방으로 흩어지는 살점에 마법사들이 두려워하며 물

러섰지만, 때는 이미 늦었다.

이미 발판은 이빨이 빠진 것처럼 구멍이 숭숭 났고, 사방에선 환영이 들끓는다.

병력은 태세를 정비할 시간도 없이 무의미한 칼춤을 출뿐이다.

마법사들은 통로가 부서지지 않도록 출력을 줄이고 있으니, 상황은 페르노크의 계획대로 흘러갔다.

'상위기사의 아티펙트는 생각지 못했지만 아주 유용하군.'

이곳에 남은 함정을 발동시킬 필요도 없었다.

청기십자군이 멋모르고 움켜쥔 상위기사의 아티펙트는 그곳에 존재하는 생명들을 모조리 흡수할 때까지 환영을 내보낸다.

그 흐름을 끊기 위해선 아티펙트가 꽂힌 지면을 부숴야 한다.

하나, 여기 있는 자들은 이 현상의 원인조차 깨닫지 못하고 있다.

'다 죽기 전까진 아티펙트도 계속 힘을 이어 나가겠지.'

한 가지 아쉬운 건, 상위기사의 아티펙트를 재활용하지 못한다는 점이다.

그 아티펙트는 어디까지나 침입자들의 욕망을 부추겨 무덤의 불청객들을 청소하는 용도로 만들어졌다.

스스로 한계까지 힘을 쥐어짜 낸 아티펙트는 침입자들

과 소멸할 것이다.

"으아아아악!"

"사, 살려 줘!"

페르노크가 혼란스러운 전장 너머를 응시했다.

어느새 빅터가 나머지 청기십자군을 이끌고 이 장소를 벗어났다.

관찰안으로 흔적을 뒤쫓으니 참으로 흥미로운 곳이다.

"하필이면 그곳인가. 아발라와 반테라스는 참으로 지긋지긋한 악연이로군."

페르노크가 피식 웃으며 바닥에 떨어진 아티펙트 하나를 주웠다.

얼음의 흐름을 다루는 보급형 아티펙트.

기껏해야 두 번 더 발동시키는 것이 한계였지만, 전력이 하나라도 더 필요한 페르노크가 가릴 처지는 아니었다.

페르노크는 소유자를 잃은 보급형 아티펙트의 새로운 주인으로 각인되었다.

그리고 죽은 자들의 마력과 영력을 모조리 빨아들이며 일곱 갈림길이 아닌 전혀 엉뚱한 벽 앞에 섰다.

"이쯤이었나."

페르노크가 그곳에 구멍을 뚫었다.

무저갱처럼 깊은 어둠이 반겼으나, 페르노크는 망설이지 않고 뛰어들었다.

기사왕의 미련은 이곳에서 불어오고 있었다.

* * *

빅터는 살아남은 인원들과 긴 통로를 달려 나가는 중이었다.

'이게 대체 뭐야?'

혹시나 모를 함정이 있을 거라고 생각해 병력을 분산시켰다.

그마저도 경험 많은 자들을 각 조에 포함해 내부를 꼼꼼히 확인하라 전했다.

하지만 결과는 끔찍한 습격으로 이어지고 말았다.

아직도 그 환영의 정체와 갑작스럽게 발동되는 함정을 이해하지 못했다.

그러나 이것 하나만은 분명했다.

'팔찌까지 채우고 다른 생각 못 하도록 감시를 붙였는데, 애초부터 날 엿 먹일 생각이었다.'

페르노크는 처음부터 이곳의 함정을 알고 있었다.

그리고 이곳을 찾는 데 아발라의 힘을 이용했다.

'이 빌어먹을 애새끼! 이곳을 나가는 대로 네놈과 고고학자를 반드시 죽여 버리겠다.'

결국, 누가 먼저 상대를 치느냐의 승부였다.

빅터는 함정에 빠졌단 사실보다 페르노크에게 놀아났

다는 사실에 분개했다.

"마스터! 빛입니다!"

빅터가 신경질적인 눈으로 통로의 끝을 바라보았다.

그곳에서 불과 다른 환한 빛이 터져 나오고 있었다.

"빅터 경, 저곳이 출구입니까?"

아발라의 협조자.

각 계층의 권력자들이 환한 표정으로 다가오자 빅터는
짜증 섞인 목소리로 대꾸했다.

"함정일 수도 있으니 다들 진형 유지하며 따라오기만
하십시오."

그리고 곁에서 나란히 달리는 청기십자군 한 명을 돌아
보았다.

"레만."

"예, 마스터."

"병력 다섯과 저 안을 살피도록."

"예!"

그 즉시 진군을 멈추고 레만이 병력과 함께 안으로 진
입했다.

"안전……!"

긴장된 목소리가 통로에 울려 퍼지는 순간이었다.

서걱!

뼈와 살이 갈라지는 섬뜩한 소리가 통로 안으로 굴러
들어왔다.

먼저 진입했던 레만의 머리가 눈을 감지 못한 채 바닥을 굴렀다.

"허억!"

권력자들이 헛바람을 들이켰고, 청기십자군과 마법사들은 눈을 부릅떴다.

"이건 또 무슨……."

레만은 청기십자군의 수위를 다투는 기사.

4레벨 마법사 셋 이상은 달려들어야 간신히 제압할 실력자다.

그런 그가 비명조차 지르지 못하고 허무하게 당했다.

믿기지 않는 현실에 당혹스러운 것도 잠시.

쿵쿵쿵!

묵직한 소리를 내며, 통로에서 벽이 내려오고 있었다.

"마법을……!"

마법사가 원소 계열을 터트려 보지만 벽은 꿈쩍도 하지 않았다.

결국, 모두가 빅터를 따라 빛 속에 뛰어들었다.

"으음……."

그리고 그들은 참혹한 시신과 마주했다.

조사를 함께했던 병력들 외에도 다른 자들이 섞여 있었는데.

"뒤웅……."

먼저 내부로 진입했던 조사단, 마법사, 병사, 학자들이 거칠게 찢긴 상태로 차갑게 식어 가고 있었다.

원인이 무엇인지 지목하지 않아도 알 수 있다.

거대한 공간.

유일하게 존재하는 출구.

그 앞을 지키는 허름한 로브의 무언가.

뼈만 남은 손으로 쥐고 있는 단 한 자루의 대검.

"아티펙트……."

미약한 흐름이 대검에서 퍼져 나오는 순간, 이곳의 모든 자들은 등줄기가 뻣뻣하게 섰다.

그 흐름은 이루 말할 수 없이 끈적거리고 더러우며 차가웠다.

덜그럭, 덜그럭.

로브가 걷히며 드러난 대검의 문양을 보고, 빅터는 충격에 말문이 막혔다.

트라이포스.

기사왕을 지키는 반테라스의 삼 기사.

아발라의 기록에 따르면, 개개인이 가히 일국에 버금간다고 전해져 내려온다.

그 일인이 지금 눈앞에서 포효한다.

[누가 그분의 안식을 탐하려 하는가!]

웅장한 울림이 공간에 울려 퍼진 순간.

"아, 아아아……!"

정신력이 약한 자부터 무너지고 말았다.

그 언어는 사람을 늪으로 끌어당길 것처럼 깊은 흐름을 담고 있었다.

[네놈에게 그리운 향기가 느껴지는구나.]

로브가 빅터를 돌아보았다.

[반테라스의 백성을 해하려는 그 저주받을 종자. 네 몸 속에 놈들의 피가 흐르고 있어.]

로브 속에서 새빨간 안광이 번뜩였다.

[아발라, 감히 그분의 무덤에 그 더러운 발을 들이밀다니!]

대검은 느렸다.

충분히 아티펙트를 개방하고 마법으로 대항할 시간이 주어졌다.

하지만 알고 있음에도 막지 못했다.

대검에 실린 바람은 모든 방벽과 아티펙트를 한 수에 꿰뚫어 버렸다.

투두둑!

살과 피가 소나기처럼 떨어져 내리는 곳에서 빅터의 몸이 덜덜 떨렸다.

트라이포스 중 폭풍을 다루는 기사라면 딱 한 명뿐이다.

혼자서 오만 명의 대군을 상대했다고 알려진 최흉의 기사.

"유, 율리버 엘 포르……."

하지만 어떻게, 이미 썩어 문드러져 한 줌 흙이 되어 마땅할 트라이포스가 이곳에 존재한단 말인가.

인지를 뛰어넘은 현상에 빅터는 말문이 막혀 버렸다.

저 대검에 갈라지는 수하들의 처참한 모습이 모두 꿈만 같았다.

[아발라의 피는 이 땅에 한 방울도 남기지 않으리.]

대검이 내려온다.

그리고 빅터는.

콰득!

항거할 수 없는 죽음에 빠져든다.

[익숙한 무언가……]

올리버가 반으로 갈라진 빅터를 내팽개치고 한 줄기 바람이 되어 무언가를 찾아가기 시작했다.

* * *

가짜 통로 속에도 진짜로 향하는 길이 숨겨져 있다.

페르노크는 기사왕의 기억을 떠올리며, 진정한 무덤으로 향했다.

수많은 벽을 부숴 나갔고, 누군가의 비명조차 들리지 않을 즈음, 유독 높은 벽과 마주했다.

페르노크가 깊게 호흡하며 마력을 모아 벽에 꽂았다.

쾅!

강렬한 충격과 함께 무너져 내린 벽에서 오색찬란한 빛이 쏟아진다.

페르노크가 마지막 벽을 허물고 안에 들어섰다.

"역시 이곳이었어."

기둥만 세워진 거대한 공간.

천장에 색색의 보석들이 박혀 빛을 발하고, 중앙 안쪽 제단에 석관이 있다.

페르노크는 석관을 관찰안으로 응시했다.

기사왕이 명계에서 말했던 특별한 흐름이 석관 안에 갇혀 있었다.

'더 퍼스트.'

모든 아티펙트의 정점이라 불리는 기사왕의 고유 장비.

분명 더 퍼스트는 석관 속 기사왕의 유해와 함께 잠들어 있다.

페르노크가 미소를 지으며 제단으로 걸어가려는 그때였다.

쾅!

천장에서 허름한 로브의 해골이 떨어져 내렸다.

제단 앞을 지키려는 모습에 페르노크가 걸음을 멈췄다.

'시간 벌기도 못했나.'

올 것이 왔다.

이 무덤에서 가장 위험하고 반드시 넘어야 할 산과 같은 존재.

트라이포스의 삼 기사.

'망령의 발걸음 하나 붙잡지 못하다니. 아발라는 허세만 가득한 놈들이었군.'

하지만 불쾌감보단 그립고 안쓰러운 느낌이 솟구친다.

기사왕의 미련이 가져다주는 기억의 편린 때문이다.

[저는 제 죽음을 목격했습니다. 영혼이 되어 석관에 파묻히던 제 모습을 바라보고 있었죠. 그리고 그 앞에 상처 입은 율리버가 있었습니다. 그는…… 죽어서도 제 관을 지키려 했습니다.]

트라이포스의 삼 기사 중 둘은 재앙과 함께 산화했다.

그리고 남은 한 명인 율리버 또한 중상을 입었다.

반테라스가 소멸되어 치료 방법조차 구하지 못했던 그는 마지막으로 기사왕의 유해를 이곳에 옮기며 함께 죽을 각오를 다졌다.

[율리버는 저를 지키지 못한 죄책감에 시달렸습니다. 그 이후는 주군께서도 짐작하시겠지요.]

율리버의 육체 또한 썩어 문드러졌지만, 그 영혼은 하계의 미련을 담아 사념으로 전락하고 말았다.

아티펙트는 소유자의 흐름을 각인하는 병장기.

특히 율리버급의 아티펙트는 '고유'라고 칭하며 영혼까지 결속시키는 끈끈한 유대를 자랑한다.

[사념은 아티펙트와 융합되어 지금도 제 무덤을 방황하고 있을 것입니다.]

죽은 자의 지독한 사념이 한 줌 흙이 되어야 마땅한 시체를 일으켰다.

그것이 비록 수백 년의 세월로 풍화되어 전성기 힘의 10분지 1도 못 낸다고 하나.

대검을 들어 올리는 모습은 기사왕의 기억처럼 굳건했다.

[부디 제 마지막 인연을 살펴 주십시오.]

페르노크가 눈을 떴다.

[너에게서 그분과 같은 향이 느껴진다.]

더 퍼스트를 회수한 후 이곳에서 죽은 자들의 마력과 영력으로 율리버를 상대할 생각이었다.

순서가 하나 꼬였지만 페르노크는 율리버의 기세에 억눌리지 않았다.

[너는 누구인가.]

바람을 타고 흐르는 언어에 페르노크가 피식 웃고 말았다.

"나를 똑바로 쳐다보며 같잖은 기세나 흘리는 것을 보니, 진정 타락할 대로 타락했군."

비록 반생자의 몸에 들어왔다고는 하나, 그의 영혼은 명계를 지배한 초월자의 것.

일반적인 혼은 감히 눈도 못 마주쳐야 정상이다.

하지만 율리버는 페르노크의 혼을 제대로 파악하지 못할 상태까지 추락하고 말았다.

사념이 명계로 올라가지 못하고 바스러지는 마지막 단계에 이르렀음을 뜻한다.

"네 주인의 전언이다, 율리버."

주인이라는 말에 율리버가 서슬 퍼런 안광을 번뜩였다.

[함부로 그분을 거론치…….]

"네가 끌어안지 않아도 된다."

율리버의 걸음이 멈췄다.

"나는 언제나 네가 바람처럼 살기를 바랐다."

그러나 그것도 잠시.

율리버에게서 바람과 다른 시커먼 기류가 피어올랐다.

사념이 가장 소중한 것을 떠올리며 미련과 충돌하는 현상이다.

명계로 올라가지 못하는 사념을 구하기 위해선 모든 것을 털어 내는 과정이 반드시 필요하다.

"퍼스트를 가져가는 대가다."

어느새 사념이 공간을 가득 채우며 오색찬란한 빛마저 삼켜 버렸다.

어두컴컴한 그 속에서 페르노크는 아발라의 세력들에게 빼앗은 모든 마법과 마력을 끌어 올렸다.

수백 명의 마력.

수십 명의 마법.

한 손에 쥔 아티펙트의 차가운 흐름이 어둠 속에 고고한 빛을 터트린다.

"네 주인의 바람대로 너를 이 지옥에서 구원해 주마."

(이번 생은 황제로 살겠다 2권에서 계속)